古典文学研究の視角

中井賢一

大学教育出版

はじめに

本書は、古典文学、あるいは古典文学研究方法に係る三本の講演と一二本の断想から成る。いずれも前任校（熊本県立大学）、もしくは現任校（ノートルダム清心女子大学）にて講じ、あるいは論じたものであり、また、いずれも当該校、及び他校の在学生・卒業生　教職員、そして地域の方々（高校生を含むこともある）を主対象にしたものである。

それぞれの小考にあっては、右に掲げた主対象とも関わって、その題材や分析内容等について、過度に専門的であることを避け、極力、幅広く啓蒙的であることを目標に、大学生などの初学者にとっては無論、一般の方々にとっても有用であるよう努めた。大学学部・大学院の導入期やカルチャースクール等のテキスト・サブテキストとして、あるいは古典文学に心を寄せる方々の教養書として、広くご活用いただければ幸いである。

古典文学研究の視角

目次

CONTENTS

はじめに……i
CHAPTER Ⅰ　講演編……1
section #1　「左右の」大臣考
　―テクストとの向き合い方―……2
section #2　破壊者としてのかぐや姫・桐壺更衣・光源氏……50
section #3　在と不在
　―研究の〝芽〟の見つけ方―……72
CHAPTER Ⅱ　断想編……95
section #1　災害と文学と教育と……96

section #2　○○○○は二度裏切る……100
section #3　卑怯な女三宮……103
section #4　ヒキョーな夕顔……107
section #5　「卑怯な女三宮」ふたたび……111
section #6　『光源氏物語抄』の分からなさ……115
section #7　マメタロウノ恋ノウタ……123
〔附載〕マメタロウの大冒険、あるいは『古典』引用のカオス―『豆太郎物語』の世界―……127
section #8　俊成ノ「源氏見ざる歌詠み」ノ判……136
section #9　雨①……139

section #10　雨②……143
section #11　〈俯瞰〉する『岷江入楚』……145
section #12　「疎き人」？　誰と？……152

CHAPTER I　講演編

section #1
「左右の」大臣考
―テクストとの向き合い方―

本稿は、平成二七年七月一一日に開催された「熊本県立大学日本語日本文学会」例会における講演記録である。本会参加者の多くは本学の学生や教職員であるが、他大学の学生や教職員、一般の方の聴講も一部見られる。
当日の配布資料、及び、スライド提示資料は、一括して本稿の最後に掲げた。なお、スライド資料の影印画像は、源氏物語大島本が『大島本源氏物語』（角川学芸出版（古代学協会所蔵））、大澤本源氏物語が『幻の写本・大澤本源氏物語』（宇治市源氏物語ミュージアム）、九州大学蔵本うつほ物語が『宇津保物語（細井貞雄書入本）』デジタル画像（九州大学付属図書館九大コレクション（部分））に、それぞれ拠っている。

文学部日本語日本文学科の中井です。主に平安期の物語について研究しています。ここ数年は、物語内部の政治力学や権力構造に興味を持っておりまして、本日もそのような観点から、お話をさせていただくことになると思います。配布資料は片面印刷のレジュメが二枚４ページです。

講演に先立ちまして、本日多く用いる「テクスト」という用語について定義しておきます。もともと「テクスト」というのは、糸で編んだ織物のように、言葉が集まった状態のことです。衣服のことを「テキスタイル」と呼びますが、同じ語源です。そこで、本日は「テクスト」イコール「私たちが研究対象とする文字の集合体」とします。例えば、文学研究の立場なら、活字本の「本文」、正しくは「ほんもん」と呼ぶべきですが、聞き取りづらいと思いますので「ほんぶん」と言います。あるいは、それら活字本の元となった「底本」。「そこほん」ですね、即ち、自筆の原稿や写本の本文のことです。語学や教育学の立場なら、文字だけでなく、音声やアンケートや数値などのデータを扱うこともあると思いますが、これらも広い意味での「テクスト」としましょう。つまり、文学・語学を問わず、時代を問わず、文字言語・音声言語を問わず、皆さんが研究対象とする文字や言葉などの集まり、それが「テクスト」である…。

では、ここで皆さんに問いたいと思います。皆さんは、なぜそのテクストを使っているのでしょうか。例えば、有名な作家や作品なら、様々な出版社から活字テクストが出ています。写本でも、「孤本」でない限り、いくつも種類がありますし、データベースもアンケートも、もっと違う母集団のものがあるはずです。

たまたま手近にあった。先生に紹介された。或いは一番安かった。様々な理由があると思いますが、果たして、本当にそのテクストで大丈夫ですか。

本講演におきましては、「『左右《ひだりみぎ》の』大臣考―テクストとの向き合い方―」と題しまして、テクストをいかに捉えるべきか、ささやかな提案をしたいと思います。私は、平安文学の立場ですので、源氏物語の写本を中心に説明を進めますが、最後のまとめは、研究ジャンルを問わず、皆さん全体に関わるところに着地する予定です。

本　若菜上巻
つほ物語　九州大学蔵本

ではまず【資料1】をご覧ください。源氏物語の写本を、と言ったところですが、その前に、少し狭衣物語を見ておきたいと思います。と言いますのも、狭衣物語は、写本相互の異文の多さ、即ち表現のズレが大きく、示唆に富むからです。今回は有名な「天稚御子《あめわかみこ》降下事件」を取り上げてみました。

主人公狭衣が、ある時、帝に笛を演奏させられます。すると、そのすばらしさに感激した天人「天稚御子」が降りてきて、狭衣を天上界に連れて行こうとします。ABは共にその直後の場面です。現代語訳を後ろに付けてあります。いろいろな傍線が、少し目にうるさいですが、同じ種類同士が対応しています。では順に見ていきます。

まず、Aですが、春夏秋冬四冊本と言いまして、現在筑波大学にある写本です。この本は新潮日本古典集成の底本「そこほん」となっておりますので、本文の引用はそれに拠りました。まず一重傍線部、「かうめでたき（天稚御子の）御有様のひき離れがたうて、（狭衣は）笛を吹く吹くさそわれぬべき気色なるに」。狭衣が天稚御子と共に天上界に行きそうになります。すると点線部、「帝の御心騒がせたまひて、…いといみじき御気色にてひきとどめさせたま」う、と帝が必死に引き留めます。すると狭衣は、波線部、「帝の袖をひかへて惜しみかなしみたまふ、親たちのかつ見るをだに飽かずうしろめたうおぼしたるを」、「このたびの御供に参るまじきよしを、言ひ知らずかなしくおもしろく文つくりて」とあるとおり、まず帝が悲しむこと、次に親が心配なことを思って、結果、天稚御子の御供はできないと漢詩にします。つまり、Aの狭衣は、帝達の悲しみを慮って、自ら天上界行きを中止したわけです。

ではBはどうでしょうか。小学館新編日本古典文学全集の「そこほん」になっている深川本です。一重傍線部、狭衣が天稚御子と天上界に行きそうになること、点線部、それを帝達が引き留めること、ここまではAとほぼ同じです。しかし波線部、「この御子もいと心苦しう思しわづらひたるけしきにて」、「(天稚御子は)えひたすらに今宵率て昇らずなりぬるよし、おもしろくめでたう文に作りたま」う、となっていて、Bでは天稚御子が、帝達を心苦しく思って、狭衣を連れて行くのを止めると漢詩にしています。帝に配慮するのは、天稚御子であり、狭衣ではありません。そればかりか、BにはAにはない狭衣の様子も描かれます。二重傍線部、「中将うち泣きて、心より外に口惜しう、かかる絆どもにひかへられたてまつりて、今宵御共に参らずなりぬる」。ここはレジュメ下段の《訳》も読んでみます。二重傍線部のところをご覧ください。「狭衣中将も涙をこぼして、心外で悔しく、このような帝達との絆しなどに引き留められ申し上げて、今宵天稚御子と共に天上に参上できなくなった」。狭衣は帝との絆し、ご縁のせいで天上に行けなくなったと悔しがっています。つまり、Bの狭衣は、天上界行きを優先して、帝達を顧みない人物なわけです。

つまり、Aでは、帝の引き留めに自ら応じる、即ち帝の意向を重んじるのに対し、Bでは、帝の引き留めに応じないばかりか、天上界に行けない原因となった帝を批判する、即ち帝を軽んじる。まさに対照的です。実は、狭衣は、最終的に帝になるのですが、そうすると、狭衣が、そもそも帝の存在を重んじる人物か、軽んじる人物かによって、物語全体の意味もずいぶん変わってくるように思います。狭衣は元々源氏、つまり皇位継承権を剥奪された立場です。Bだと、その狭衣が、帝を批判し、軽んじつつ、本来あり得ないはずの帝位、帝のポストを得ることになるわけです。だとすると、クーデターと言いましょうか、復讐と言いましょうか、今の帝達を否定するがゆえにポストを奪い返した、みたいな、いきなりドロドロとした不穏なイメージになってしまいます。つまり、テクストのズレが、ストーリー全体を、あたかも別の物語のごとく、変えてしまうことがあるのです。

では、源氏物語に戻りましょう。【資料2】にお移りください。実は源氏は、狭衣に比べるとテクストのズレはかなりましです。もちろん、写本が多いぶん異文も多いですが、あれほどの長篇にもかかわらず、今の狭衣みたいに人物像やストーリーが激変することはありません。この辺り、私の文学史の授業で述べた「源氏のイデオロギー化」と関わると思いますが、とにかく遙かにテクストのズレが小さいわけです。

ところが、近年、その常識をくつがえす出来事がありました。二〇〇八年、大澤《おおさわ》本の発見です。正確には「発見」ではなく、既に池田亀鑑氏が調査もしていたのですが、なぜかその後、行方不明になっていました。それが、二〇〇五年、当時大阪大学を退官されたばかりの伊井春樹先生に調査依頼が入り、二〇〇八年の源氏ミレニアムに合わせて公表されたのです。現在は、京都宇治の源氏物語ミュージアムに所蔵されていますが、当時、この大澤本の異文を巡って、学会に、まさに激震が走りました。花宴巻といいまして、光源氏と朧月夜の恋を語る巻があります。左大臣方に所属する光源氏が、敵方、右大臣の娘、朧月夜と通じてしまう。その後も通っているうちに遂に右大臣に見つかり、須磨に流れることになります。いわば、この恋は光源氏の運命を左右する重要な恋なわけです。さて、【資料2】ですが、光源氏が、まだ名前も知らない朧月夜にもう一度逢いたいと思って右大臣邸に侵入し、漸くそれらしい女君を見つけます。そして、和歌を詠み掛けた、その直後から巻末にかけての叙述です。Cは大島本の翻刻です。大島本というのは、藤原定家が校訂した、いわゆる青表紙本の系統とされていまして、特に重要視されてきました。モニターに写本を映してみます。（スライド資料の【資料2】C）

これでは読みにくいので、レジュメの［参考］の欄に、活字本、岩波新大系のテクストを載せてあります。「（光源氏が朧月夜と思しき女君に歌を詠み掛けると、女君は）え忍ばぬなるべし、心いる方ならませば弓張りの月なき空にまよはましやは　と言ふ声、たゞ（朧月夜の）それなり。いとうれしきものから」。モニターのほうでも「いとうれしきものから」で終わっていることを確認してください。では、レジュメの《訳》を見ておきましょう。「光源氏からの歌に朧月夜も我慢できなかったのだろう、あなたが心に懸けてくれるなら弓張りのほぼ月のない空でも迷わないでしょうに　と詠む声は、まさに朧月夜その人のものである。光源氏はたいそう嬉しいけれど…」。

一文が完結せずに、途中で何か言葉を飲み込んだような終わり方になっています。このような変な終わり方について、例えば、玉上琢彌氏は『源氏物語評釈』で次のように解説しています。「嬉しさに飛び立つ思いながら、人目もあり、勝手知らぬ右大臣家、はばからねばならぬその思い、まさに無量、万感の余情を長く引いて結んだ幕切れ」。もう大絶賛ですけれども。つまり、「朧月夜を見つけたのは嬉しいけれど、今後どのように関係を続けようか、光源氏があれこれ思案する様子が現れている」という理解ですね。確かに、お目当ての朧月夜を見つけて嬉しい、けれどここは慣れない敵方の屋敷だし、これからどうしようかな…という心理は、この後の、それでも朧月夜に通って、想定外に右大臣に見つかってしまうという展開からすると、ごく自然です。つまり、この大島本のテクストは、光源氏がこの後も朧月夜に通おうとするがゆえの、言いかえるならば、朧月夜に熱するがゆえの表現だと理解されてきたわけです。

ところが大澤本はこの部分、少し違います。【資料2】Dにお移りください。和歌の後ろから読みます。「…といふこゑ、たゞそれなり。いとうれしき物から、かろ〲しとてやみにけるとや」。写本も映しますのでモニターもご確認ください。（スライド資料の【資料2】D）最後の所、校訂者が、他の本と見比べて、ミセケチにして消した跡がありますが、もともと書写段階では「かろ〲しとてやみにけるとや」とあったことが分かります。

これは大澤本にしかない独自の異文です。レジュメのほうで《訳》を確認しておきましょう。「…光源氏はたいそう嬉しいけれど、一方で返歌の声を男に聞かせて軽々しいと思ってその後交際を絶ってしまったとか」。

つまり、光源氏は、返歌をした朧月夜に、嬉しいとは思うものの、男に声を聞かせるような軽々しい女だと見限り、これ以降通わなくなった、というのです。自分が返事を求めたくせに「どっちやねん」という感じですけれど…。まあ、しかし、Cの大島本との違いは明らかです。片や、朧月夜に熱する人物、片や、冷める人物。先ほどの狭衣のごとく、光源氏の人物像も対照的です。そうなると、大澤本だと、一旦見限ったはずの光源氏が、なぜかその後も朧月夜に通ったことになりますから、私たちは、その理由について、検証しなければならなくなります。


このように、テクストのズレによって人物像が激変すると、ストーリーも、そして私たちの読み方も大きく変わってくるわけです。ではそのような状況の中で、私たちはどのように源氏物語のテクストと向き合えば良いのか、ということになります。

これまでは、先ほど触れました藤原定家が校訂した、いわゆる青表紙本系統の本を重視してきました。大島本もこの系統ですが、いわば、定家という権威を優先して、それ以外の写本にはあまり注目してこなかったわけです。しかし、近年、そのような流れが変わりつつあります。前に名前を挙げました伊井春樹先生や、その後任の加藤洋介先生など、大阪大学のグループにより、青表紙本、中でも大島本は、決して絶対視するようなテクストではない。あくまで様々な写本の一つにすぎない。というように、相対化、つまり絶対化の反対ですね、相対化する動きが出て来まして、多くの研究者の追認もあって、学会の主流になっています。なぜ大島本が絶対化できないかについては、二年生以上は「文献学基礎論Ⅱ」で、一年生は「文学研究法基礎」の授業で詳しく説明しますが、まあ、その伝来も、書写者も、書き入れ注記も、かなり「いいかげん」なのです。何人もが書き足した痕跡もありますし、この本だけを特別視するには問題が多い、ということですね。そこで、とにかく、大島本に偏ることは止めて、全ての写本について、その異文をそのまま受け容れよう、という流れに変わりつつあるわけです。例えば、【資料1】で述べた、ダークな狭衣は、深川本狭衣物語の論理として理解しよう。【資料2】で述べた、冷めた光源氏は、大澤本源氏物語の論理として位置付けよう、ということです。異文だからといって無視するのではなく、そのままでどのような物語として読めるのか、いわば、それぞれ、違った個性の物語として積極的に評価しよう、というわけです。

では、このような考え方に基づきまして、今からある写本テクストについて、その個性を探ってみたいと思います。少し難しい内容も含んでいますが、出来る限り分かりやすく説明しようと思います。

今から取り上げるのは、実は大島本です。先ほど大島本に偏ってはダメだと言ったばかりじゃないか、なのに、三条西家本でも池田本でも中山本でも保坂本でも陽明文庫本でもなく、なぜ大島本なのか、と言われそうですけれども…。大きな理由は二つあります。が、いずれも後ほど明らかにします。

ではレジュメ二枚目上段の3ページ、【資料3】Eと、その横、Fの下の図を併せて御覧ください。光源氏亡き後の世界、宇治十帖なのですが、光源氏の息子として育った薫が、今上帝と明石中宮の長女、女一宮を、明石中宮主催の法事の後、垣間見、覗き見ですね、をする場面です。明石中宮は光源氏の娘ですので、光源氏の建てた豪邸、六条院が実家です。薫は、普段は別の所に住んでいるのですが、何と言っても明石中宮は姉に当たりますので、簡単に六条院の奥まで入れるわけです。それを良いことに、薫が女一宮を覗いていると、六条院の女房「おもと」がそれに気付いて、薫に近づいてくる。薫は正体がバレないように隠れる。取り逃がした「おもと」は、一体誰がこんな奥深いところまで、つまり、中宮の娘がいるような守られた空間ですよね、誰がそんなところまでやってきたのか、と思いを巡らせる、という内容です。Eを、後ろから三行目の「このおもとは」から読んでおきましょう。「…このおもとは、いみじきわざかな、御き丁をさへあらはに引きなしてけるよ、右の大殿の君たちならん、疎き人、はたこゝまで来べきにもあらず…」。《訳》も後ろから四行目、「このおもとは」以降を見ますが、「大殿」というのは大臣のことです。また「右大臣」とありますが、ここはイコール左大臣夕霧と捉えます。理由はすぐ説明します。「このおもとは、大変なことだなあ、障子だけでなく御几帳まで奥が露わに見えるように置いてあったことよ、覗いていたのは右大臣（＝左大臣夕霧）の子息達であろうか、明石中宮と関係が疎遠な人では、とてもここ（＝六条院の女君や女房たちの控室）まで進入することは出来ないだろうし…」。つまり、この時「おもと」がイメージした侵入者は「夕霧の子息達」ということになります。夕霧は、明石中宮の兄で、しかも、この時六条院の管理者でもあります。その子ども達が奥までやってきても特段不自然ではない。そのように「おもと」が判断したということなのですが、実はこの部分、問題が二つあります。

まず一つ目。実は、ここを「夕霧の子息達」と読むためには、本来、「左の大殿の君たち」

とあるべきなのですが、［参考］の欄のとおり、夕霧の官職は、大島本を含め、多くの写本でごちゃごちゃに乱れています。ここより前の竹河巻で夕霧は左大臣になるのですが、なぜか後の巻で右大臣に戻っていたりします。これは、私もよく分からないのですが、もともと紫式部が源氏物語の全てを書いたわけではない、という、既に鎌倉期には広まっていたらしい伝承と関わっていると思われます。つまり、竹河巻の作者が紫式部とは別人だと考える書写者や校訂者は、当然、夕霧の昇進記事を信じませんから、右大臣と書き続けるわけです。で、何度も書写が繰り返されていくうちに、書写者や校訂者の考え方によって「右」になったり「左」になったりして、結果「ごちゃごちゃ」になっていく、と。

しかし、今は、竹河巻も同一作者と考えるのが一般的です。だとすると、『公卿補任』という任官記録を見る限り、平安時代に左大臣が右大臣に降格する例はありませんから、本来、竹河巻以降の夕霧は、左大臣で統一されるべきだということになります。現に、当の大島本も、おそらく迷いつつ、やっぱり「右」であるはずがないと考えたのでしょうね、［参考］の最後の行の点線部ですが、Eの直後、同じ蜻蛉巻三〇三ページで「左」に戻っています。しかも、ここは写本ではひらがなで「ひたり」となっています。三一〇ページも、これが夕霧の官職の最後の記事なのですが、これも「左」です。いずれも、写本に修正した痕跡はありません。ですので、大島本は、本来夕霧は左大臣のはずだと捉えているテクストだと見て良いと思います。ということで、「異文のままで」と言ったばかりですが、ここについては、「左大臣夕霧」だと理解することにします。
さて、二つ目の問題です。実は、これが本当の問題なのですが、この部分、大島本の写本では、どうももっと複雑なようなのです。【資料3】Fを御覧ください。この部分、もともと「左右の大殿の君たち」とあったのを、「左右」をミセケチで消して、「右」と書き入れてあるのです。モニターにも映しておきます。（スライド資料の【資料3】F）
ということは、大島本の校訂者が、他の写本と見比べて「あれっ」と思ったのでしょうね、ここを「右」と直したのだと思いますが、それにせよ、もともとの大島本は、ここを「左右の大殿の君たち」としていたことになります。実はこのことは、なぜかあまり注目されていません。おそらく、書写者の書きミスだ、あるいは右か左か迷った挙げ句、両方書いてしまって、誰かが後から「右」と校訂したのだ、とあっさり理解されたのだと思います。しかし、よく考えてください。左を右と書きミスする、右を左と書きミスする、それは分かります。しかし、左を、あるいは右を、「左右」と書きミスするでしょうか。あるいは、どちらか迷ったという場合でも、普通、ええいとどちらか一方に決めるわけです。百歩譲って、書写者が、迷ったから取り敢えず両方書いてみた、ということだったとしても、最後、「右」なり「左」なり、どちらかを消しませんか。そのまま残さないですよね。現に、ここ以外はどちらかしか書いていないわけですから。しかも、モニター画面では分かりにくいのですが、実は下の「右」の字だけに、一度、朱で消された痕跡があるのです。朱で消されているということは、「左右」と書いた書写者とは別の校訂者Xが、後から一旦「左」と校訂したということです。更にその上に、また別の校訂者Yが、今のように墨でミセケチにして「右」にしたということですね。物語が、校訂者の理解によって書き換えられていくものであることが窺えますが、ともかく、書写者は、確かに「左右の大殿」と書き残していた。大島本は、もともとはここを「左右両大臣」と把握していた、ということです。ちなみに、現存の写本では、大島本のみです。大島本の個性的本文、ということですね。

では私たちはここから何を読み取るべきなのでしょうか。この場面前後の政治状況について、少し整理してから考えてみましょう。【資料4】にお移りください。
①は先ほど少し触れた、夕霧が左大臣になる竹河巻の叙述です。読んでおきます。「左大臣《ひだりのおとど》亡せ給て、右は左に、藤大納言、左大将かけ給へる右大臣《みぎのおとど》になり給」。当時の左大

臣が亡くなって、空いた左大臣ポストに右大臣だった夕霧が上がり、夕霧がいた右大臣ポストに「藤大納言」が昇進した、と。「藤大納言」というのは、柏木の弟で、紅梅と呼ばれる人です。つまり、空きポストを玉突き状に埋める形で、左大臣夕霧、右大臣紅梅、という政治体制が成立したわけです。先ほど触れたとおり、この記事を信用しない立場もあったわけですが、私たちは信用する前提で進めていきます。

この時、夕霧は四十九歳なのですが、注意したいのは、遡ること三十一年、夕霧十八歳の時の官職です。②を御覧ください。夕霧の官職は、波線部、「中納言」とあります。この時、紅梅は、太傍線部、「弁の少将」となっています。「弁の少将」というのは、本官を近衛少将としつつ、同時に弁官を兼務しているということです。弁官というのは、各省庁の庶務や監視を行う重要職で、出世コースです。

さて、ここで問題にしたいのは、夕霧と紅梅の、夕霧が十八歳と四十九歳の時の本官の位階、ランクの差なのです。［参考］の欄を御覧ください。表の中に①②というマークが入っていますが、今見た本文の①②と対応しておりまして、①が夕霧四十九歳の位階、で、②が十八歳の位階、というふうに見てください。つまり、ふたりとも②から①まで、三十一年間かけて昇進したということなのですが…。

いかがでしょう。一目瞭然だと思います。位階の欄に網掛けをしてありますが、夕霧は「従三位」、「じゅさんみ」と読みますけれど、そこから「二位」まで2ランクアップです。それに対して、紅梅は「正五位下」、「しょうごいげ」から「二位」まで、なんと8ランクアップです。もちろん、上位ほど定員が少ないことが多いので、一つの官職に長い間留まる傾向にあります。しかし、それを差し引いても、明らかに夕霧は紅梅より昇進が遅い。というより、紅梅が、着実に夕霧との差を詰めてきた、ということだと思います。

更に注意すべき点があります。レジュメ下段4ページの③［系図ア］を御覧ください。宇治十帖の当初の系図です。夕霧を起点に見てみます。まず、夕霧は、長女大君を今上帝と明石中宮の東宮、つまり次期天皇ですね、この人と結婚させています。そして、次女中君を二宮と、この人は次期東宮候補なのですが、この人と結婚させています。更に同じく六の君を匂宮、この人も後から東宮候補になりますが、この人と結婚させます。本当は、この六の君の結婚は、物語上は、もう少し後のことなのですが、夕霧の権力体制が分かりやすいので、ここで一緒に挙げておきました。
今「夕霧の権力体制」と言いましたが、もう明らかですよね。帝と婚姻関係を利用して政権を握る、いわゆる外戚政治が狙いなのは明らかです。藤原道長も真っ青なぐらい、がちがちにコネクションを固めていまして、まあ、これで未来は安泰なわけです。普通は…、ですね。

ところが、事はそう簡単にはいきません。④にお移りください。読みます。「春宮には、右大臣殿（＝夕霧の大君）の並ぶ人なげにてさぶらひ給ば、きしろひにくけれど、さのみ言ひてやは、人にまさらむと思ふ女子を宮仕へに思ひ絶えては、何の本意かはあらむ、と（紅梅大納言は）おぼし立ちて、（大君を東宮に）まいらせたてまつり給ふ。（紅梅の大君は）十七八のほどにて、うつくしうにほひ多かるかたちし給へり」。《訳》も見ておきましょう。「東宮には、右大臣夕霧殿の大君が並ぶ人もいない様子でお仕えしておられるので、競り合いづらいけれど、そのようにばかり言っていられようかそうもいかない、人より勝るようにと思う女子なのに宮仕えを断念しては、何の本意があろうか不本意であろう、と紅梅大納言は思い立ちなさって、大君を東宮に入内させなさる。紅梅の大君は十七八の年齢で、かわいらしくとても美しいご容貌をしておられる」。

要するに、大納言時代の紅梅も、夕霧同様、コネクション作戦を仕掛けてきた、ということです。すると、先ほど見た③の［系図ア］は、⑤の［系図イ］のように変貌します。

☆マークを付けておきましたが、紅梅がむりやり割り込んできた感じですね。こうなると、夕霧の未来は「安泰」どころか、途端にピンチになります。紅梅の大君のほうが、夕霧の大君より、早く東宮の男児を生むかもしれません。そうすると、その男児が、将来東宮になり、帝になる可能性も出て来ます。つまり、場合によっては、夕霧ではなく、紅梅が、帝の外戚として政権を握る未来があり得る、ということです。夕霧は、紅梅に真っ向から敵対させれて、追い込まれているのです。
このような文脈、このような政治状況であることを押さえた上で、「左右の大殿」に戻りましょう。

【資料5】にお移りください。先ほど、【資料3】で、もともとの大島本は「左右の大殿」だと述べましたので、それを反映させて書き直しました。読みます。「このおもとは、いみじきわざかな、御き丁をさへあらはに引きなしてけるよ、左右の大殿の君たちならん、疎き人、はたこゝまで来べきにもあらず…」。先ほど、竹河巻以降は夕霧が左大臣で、紅梅が右大臣だと述べました。すると、この部分の解釈は次のようになるはずです。《訳》を御覧ください。「このおもとは、大変なことだなあ、障子だけでなく御几帳まで奥が露わに見えるように置いてあったことよ、覗いていたのは左大臣夕霧殿や右大臣紅梅殿の子息達であろうか、明石中宮と関係が疎遠な人では、とてもここまで侵入することは出来ないだろうし…」。

「おもと」が想定した侵入者が、「夕霧や紅梅の子息達」、と変わってくるところが重要です。なぜか。「おもと」がそのように考えた根拠に注意してください。傍線を付してあります。「疎き人、はたこゝまで来べきにもあらず」。「明石中宮と関係が疎遠な人では、とてもここまで侵入することは出来ないだろうし…」。

そうなのです。「おもと」は、夕霧と同じく、紅梅も、「明石中宮と関係が疎遠」ではない、と判定しているのです。思い出してください。先ほど述べたとおり、夕霧の子ども達が簡単に六条院の奥に出入りできるのは当然です。夕霧は明石中宮の兄弟ですし、六条院の管理者です。問題は、紅梅です。「おもと」は、この時、兄弟でも何でもない紅梅の子ども達についても、六条院の、奥の奥まで侵入しても不自然でない、と見ている。つまり、夕霧の子ども達に匹敵するほど、既に権力の中枢、明石中宮と関係が深くなっている、と認識しているのです。即ち、女房クラスの人々の目にも、左大臣方と右大臣方とが、権力争いにおいて拮抗している事は、もはや明白な状態だったということです。

だとすると、大島本のみにある「左右の大殿」という叙述は、例えば、「左の大殿」と書かれていた場合、あるいは「右の大殿」と書かれていた場合よりも、はるかに、この時の権力争いの熾烈さを如実に伝えると言えないでしょうか。【資料4】で述べたとおり、宇治十帖の夕霧は、決して「安泰」ではありません。むしろ、紅梅に追い上げられてピンチでした。つまり、「左右の大殿」というテクストは、左大臣夕霧を取り巻く、そのような厳しい政局をビビッドに伝えているのです。
この意味において、大島本は、当時の政局を、最も正確に反映しようとしたテクストである、と言うことが出来ます。夕霧の官職を「左大臣」と見ている点も含め、少なくともこれらの事例のぶん、大島本は、他の写本よりも、源氏物語の政治的動向に忠実なテクストだと考えられるのです。

ただ一点、そのように言うためにも、もう一つ確認しておかなければなりません。それは、人物呼称、作中人物の呼び方の問題です。つまり、二人の大臣をひっくるめた呼び方、「ひだりみぎのおおとの」という呼び方が、果たして当時あり得るのか、物語の表現として不自然ではないのか、という問題です。そもそも政界ナンバーワン、ナンバーツーをひとまとめに呼ぶのは、いかにも無礼な気もします。
例えば、【資料3】で見たとおり、「右《みぎ》の大殿《おおとの》」という呼び方は存在します。当然「左《ひだり》の大殿《おおとの》」という呼び方もあります。また、【資料4】の①と、下段④のとおり、「さだいじん」あるいは「ひだりのおとど」、「うだいじん」あるいは「みぎのおとど」、これもあります。問題は、左と右をひとまとめにする例があるのかどうか…。そこで、源氏物語全篇から探してみました。

ここからは、【資料6】…＋αということで、モニターを御覧ください。（スライド資料の【資料6】大島本若菜上巻）
二例とも大島本の若菜上巻です。光源氏の強大な権力が崩壊を始める重要な巻ですが…。最初の例は「ひだりみぎのおとど」と訓読みするか、「さうのだいじん」あるいは「さゆうのだいじん」と音読みで揃えるか、ですね。また、次の例は「左右おとど」とあります。読むときは「ひだりみぎの」と「の」を入れて訓読みで読めば良いと思います。
つまり、ひとまとめにして、「ひだりみぎの」、あるいは「さうの」、「さゆうの」と呼ぶことはあり得る、ということですね。では、後は、続けて「おおとの」と呼んでくれている事例があれば…ということですが…。

実は、源氏物語ではないのですが、ありました。うつほ物語です。モニターには、岩波の『旧大系』に使われたり小学館の『新全集』に参照されたりした九州大学蔵本を映しますので御覧ください。(スライド資料の【資料6】うつほ物語九州大学蔵本)

国譲下巻といいまして、「源《みなもと》」と「藤原」の権力争いの巻です。あまりの生々しさに清少納言が枕草子で「国譲はにくし」と批判しています。この時の左大臣は源正頼、右大臣は藤原兼雅ですが、スライドが少し見にくいですが、ふたりまとめて「左右のおおとの」と呼ばれております。

ということで、源氏物語ではありませんでしたが、それより古いうつほ物語にちゃんと事例があったことは重視して良いと思います。もちろん、書写者も書写年代も違いますので、一方にあったからもう一方にもあるとは簡単には言えないのですが、ひとまず物語テクストの表記上、「左右の大殿」というのは決して不自然ではないということを確認して、私のここまでの考えを補強しておきたいと思います。

そろそろ、先ほどの答が出せそうです。先ほど私は、近年相対化が言われる大島本について、なぜ注目するのか、二つ理由があると言いました。大島本に偏ることなく、様々な写本の個性を評価しよう、という流れの中で、なぜ改めて大島本に注目したのか、ということですね。私は、決してこの流れに逆らおうとしているわけではありません。

そうではなく、むしろ大島本を相対化して、他の写本と比較したからこそ、「政治性に忠実であろうとする」大島本の個性が見えてくるのです。もちろん、活字のテクストには、例えば「左右の大殿」は、校訂されてしまって表には見えませんけれども、写本のテクストを確認した今、私たちは、本来そうあろうとした大島本のスタンスと言いましょうか、スピリットと言いましょうか、大島本はそういうテクストだと理解した上で向き合うことが出来ます。確かに、述べたとおり、大島本には「いいかげん」な面もあります。だからこそ、相対化されるわけですが、しかし、その「政治性」という個性は、他の写本に負けない魅力であり、敢えて大島本で読む意義を担保するものだと思います。

このことは私にとってものすごく重要なことです。覚えてくださっているでしょうか、私は、本講演のはじめに、今は物語内部の政治力学や権力構造について考えている、と言いました。政治力学や権力構造について考え、論じるのですから、それならば、それに最も相応しいのは「政治性に忠実であろうとする」テクスト、つまり大島本なのではないでしょうか。大島本の個性は、今の私の目的に最も合致している。これが一つ目の答です。

次に二つ目の答です。これは、むしろ教育学的観点です。確かに、多様なテクストを認めれば、当然、新たな発見はあると思います。しかし、特定のテクストに絞って議論をした方が、研究が深まることも、また事実です。ある人はテクストXで論じ、別の人はテクストYで論じたならば、果たして有効な議論となるのか。テクストXでしか通用しない論理やテクストYでしか言えない結論にならないか、という不安ですね。議論の拡散のおそれがあります。中学校や高校の現場も混乱するはずです。採択した教科書によって、同じ物語の同じ場面で、教える内容が変わってくるのです。入試問題も、果たして平等な問題が作れるのか、不安です。

あるいは、そもそも、研究者以外の人々が、さまざまな写本テクストを入手できるのか、という問題もあります。これは一般の人にとっては、心理的にも経済的にも、かなりハードルが高いはずで、かえって読者を遠ざけてしまいかねません。影印本で出版されているものも限られていますし、新たな底本《そこほん》を使って編集した活字本が出るというのも、昨今の出版事情を考えるとかなり難しいはずです。だとすると、古典を読む人の裾野を狭めない意味でも、少なくとも今ある活字本と同じくらい、様々な写本を底本としたテクストが市場に増えない限り、当面は既に流布している大島本が効率的だ、というわけです。

実は、伊井春樹先生も、いくつかの御論の中で、私が今述べたような問題点について触れておられるのですが、どうもこちらの方はあまり取り上げられないようです。しかし、少なくとも私たちは、そのことをしっかり理解しておくべきだと思います。

つまり、特定のテクストでこそ深まる議論もあるということ、多くの写本が乱立することで逆に読者の裾野を狭めてしまう危険性もあること。これが二つ目の答です。


では、そろそろ本講演の結論に入りましょう。私はここまで平安物語のテクストについて、説明を進めてきましたが、事は、決して平安文学に限ったことではありません。

はじめに触れましたが、古典においては、写本相互のテクストのズレは当たり前です。特に物語においては、校訂者の理解によって書き換えられながら享受されてきました。また、近現代の作品においても手直し前後の作品がいずれも流通していたり、作家自身が敢えてバージョン違いという形で複数のテクストを並行させたりすることもあります。更に、一見同じ作品でも、別々の出版社から出されて、字体や句読点、漢字や送り仮名、ルビなどが微妙に違うこともあります。もっというと、同じ出版社でも、第何版かによってそれらが変わってくることもあります。データベースやアンケートなら、母集団ごとに全く別の、今日の言葉で言うと「テクスト」になっているはずです。

だとすると、皆さんがまず最初にやらなければならないのは、今皆さんの目の前にあるテクストが、一体どういうテクストなのか、どういう個性を持っているのか、複数のテクストを見比べながら、しっかり見極めることではないでしょうか。なぜなら、テクストの個性にフィットしない事を論じるより、フィットすることを論じるほうが、読み手や聞き手に訴えかける力、即ち「訴求力」を高めやすいからです。

例えば、光源氏が実は情熱的ではない、とか、狭衣が実はダークな策略家だ、とか、そういった人物像の多面性と言いますか多角的表現と言いますか、そういう現象から何かを論じたいときは、大澤本なり、深川本なりのテクストの方が、説明もしやすいし、「訴求力」も上がる。結果、読み手や聞き手にも分かりやすい、というわけです。つまり、テクストの個性を知ることで、自分の主張したいことに応じて、それを、より際立たせてくれるテクストで論じる、ということが出来るようになるのです。

ただし、やり過ぎは禁物です。先ほど述べましたとおり、共通のテクストだからこそ深まる議論というものもありますので、臨機応変にうまく使い分けることが大切だと思います。要は、バランスということです。

では、いよいよ最後になりました。私の最初の問を思い出してください。私の問は、「皆さんは、なぜ、そのテクストを使っているのですか?」というものでした。一、二年生の皆さんは、今から様々な作品の様々なテクストを読み比べて、じっくりその答を探せば良いと思います。三、四年生や大学院生、研究生の皆さんは、あんまりじっくり探している余裕はありませんので、少々焦ってください。

テクストの個性と向き合うことで、必ず、新たな何かが見えてきます。皆さんが、皆さんの味方となってくれるテクストと出会って、おもしろい研究をしてくれることを期待しています。

時間は、私のストップウォッチで、今ちょうど六十分です。以上で私の講演を終わります。ご静聴ありがとうございました。

熊本県立大学　日本語日本文学会　講演資料

H27年7月11日

「左右の」大臣考

―テクストとの向き合い方―

日本語日本文学科　中井　賢一

【資料1／『狭衣物語』天稚御子《あめわかみこ》降下事件】

A　春夏秋冬四冊本　**（引用本文と頁数は、新潮『集成』による）**

（…狭衣の笛の音に感応した天稚御子が降下する。）

かうめでたき（天稚御子の）御有様のひき離れがたうて、（狭衣は）笛を吹く吹くさそはれぬべき気色なるに、帝の御心騒がせたまひて、（―中略―）いといみじき御気色にてひきとどめさせたまふを、（狭衣は）かなしく見たてまつりたまふにも、まいて大臣（＝父関白）、母宮など聞きたまはむことをおぼし出づるに、厭はしくおぼさるるこの世なれど、ふり捨てがたきにや、かかる御迎へのかたじけなさにひとへに思ひたてど、帝の袖をひかへて惜しみかなしみたまふ、親たちのかつ見るをだに飽かずうしろめたうおぼしたるを、行方なく聞きなしたまひて、むなしき空を形見とながめたまはむさまのかなしさに、このたびの御供に参るまじきよしを、言ひ知らずかなしくおもしろく文つくりて、笛を持ちながらすこし涙ぐみたまへる…（三二～三三頁）

《訳》これほど素晴らしい天稚御子のご様子が離れがたくて、狭衣は笛を吹きつつ天上界へ誘われていってしまいそうな様子なので、帝のお心は悪い胸騒ぎがなさって、（―中略―）たいそう深刻なご様子で引き留めなさるので、狭衣はそれをいとおしく見申し上げなさるにつけても、まして父関白や母宮などがお聞きになった場合を思い浮かべると、厭わしく思われるこの世だけれど、振り捨て難いものであるのか、このような天稚御子のお迎えのもったいなさにただただお供したいと思い立ったが、帝が袖を押さえて惜しみ悲しみなさるし、親たちが少し私と顔を合わせる片時さえ飽きることなく気掛かりと思っておられるのに、私が行方知れずになったとお聞きになり、何もない空を私の形見として物思いなさるであろうご様子がかなしいので、今回のお供には参上できない旨を、言いようもなく哀切に趣ある漢詩を作って、笛を持ちつつ少し涙ぐみなさっている…

（《訳》は私に付した。以下同様。）

- 1 -

B　深川本　（引用本文と頁数は、小学館『新全集』による）

（…狭衣の笛の音に感応した天稚御子が降下する。）
この天稚御子に引き立てられて（狭衣が）立ちなんとするを、帝、東宮も、何しに、かかることとせさせつらん、と悔しうて、笛をば取らで、手をとらへさせたまひて、いみじう泣かせたまへば、この御子（＝天稚御子）もいと心苦しう思しわづらひたるけしきにて、（―中略―）かく十善の君（＝帝）の泣く泣く惜しみ悲しみたまへば、（天稚御子は）えひたすらに今宵率て昇らずなりぬるよし、おもしろくめでたう文に作りたまひて、声は聞き知らずおもしろうて誦じたまへるに、中将（＝狭衣）うち泣きて、心より外に口惜しう、かかる絆どもにひかへられたてまつりて、今宵御共に参らずなりぬるよしを、え言はず空をうち眺めて誦じたまへる…（四四〜四五頁）

《訳》この天稚御子に促されて狭衣は昇天しようとするので、帝、東宮とも、どうして笛を強要してしまったのかと悔しくて、笛を受け取らずに、狭衣の手を捉えなさって、たいそう泣きなさるので、この天稚御子もたいそう心苦しく思い悩んでいる様子で、（―中略―）帝が泣く泣く狭衣との別れを惜しみ悲しみなさるので、天稚御子は無理に今宵狭衣を連れて昇天することは出来なくなった旨、趣深く素晴らしい漢詩にお作りになって、声は聞いたことのないほど素晴らしく吟じなさったので、狭衣中将も涙をこぼして、心外で悔しく、このような帝達との絆しなどに引き留められ申し上げて、今宵天稚御子と共に天上に参上できなくなった旨の漢詩を、言いようのない素晴らしさで空をぼんやりと見やりつつ吟じなさっている…

【資料2／『源氏物語』朧月夜事件】

C　大島本　花宴巻末（写本）（他諸本も同様）（句読点は私に付した）

（光源氏が朧月夜と思しき女君に歌を詠み掛けると、女君は）えしのばぬなるべし、
心いるかたならませばゆみはりの月なき空にまよはましやは
といふこゑたゝそれなり。いとうれしきものから。

［参考］岩波『新大系』の本文
（光源氏が朧月夜と思しき女君に歌を詠み掛けると、女君は）え忍ばぬなるべし、
心いる方ならませば弓張りの月なき空にまよはましやは

と言ふ声、たゞ（朧月夜の）それなり。いとうれしきものから。（二八四頁）

《訳》光源氏からの歌に朧月夜も我慢できなかったのだろう、
　あなたが心に懸けてくれるなら弓張りのほぼ月のない空でも迷わないでしょうに
と詠む声は、まさに朧月夜その人のものである。光源氏はたいそう嬉しいけれど…。

D　大澤本　花宴巻末（写本）（句読点は私に付した）

（光源氏が朧月夜と思しき女君に歌を詠み掛けると、女君は）えしのばぬなるべし、
　こゝろいる方ならませばゆみはりの月なき空にまよはましやは
といふこゑ、たゞ（朧月夜の）それなり。いとうれしき物から、~~かろ〳〵しとてやみにけるとや~~。
《訳》…光源氏はたいそう嬉しいけれど、一方で返歌の声を男に聞かせて軽々しいと思ってその後交際を絶ってしまったとか。

本講演のキーワード
- テクスト
- 写本
- 異文
- 相対化（と絶対化）
- 個性
- 訴求力

【資料3／『源氏物語』女一宮垣間見事件】

E　**大島本　蜻蛉巻**（岩波『新大系』本）

（薫は障子の隙間から女一宮を垣間見する。）この（薫の）なをし姿を見つくるに、（女房の「おもと」は）誰ならんと心さはぎて、をのがさま見えんことも知らず、簀子よりたゞ来に来れば、（薫は）ふと立ち去りて、誰とも見えじ、すき〴〵しきやうなりと思ひて隠れ給ひぬ。このおもとは、いみじきわざかな、御き丁をさへあらはに引きなしてけるよ、**右の大殿**の君たちならん、疎き人、はたこゝまで来べきにもあらず…（三〇〇頁）

［参考］夕霧の官位
・竹河巻「左」→椎本巻「右」→宿木巻「右」→東屋巻「右」→総角巻→「左」→蜻蛉巻（三〇〇頁）「右」→蜻蛉巻（三〇三頁）「左」→蜻蛉巻（三一〇頁）「左」

《訳》垣間見をしている薫の直衣姿を見つけて、おもとは誰だろうかと胸がどきどきして、自分の姿が人に見えていることも気付かず、簀子を通って一直線におもとがこちらに来るので、薫は障子の傍からすっと立ち退いて、誰だとも分からないようにしよう、好色めいているからと思って隠れなさった。このおもとは、大変なことだなあ、障子だけでなく御几帳まで奥が露わに見えるように置いてあったことよ、覗いていたのは右大臣（＝左大臣夕霧）の子息達であろうか、明石中宮と関係が疎遠な人では、とてもここ（＝六条院の女君や女房たちの控室）まで侵入することは出来ないだろうし…

F　**大島本　蜻蛉巻**（写本）

…

薫の垣間見
今上帝
└女一宮

いみしきわさかなみき丁をさへあらはに
ひきなしてけるよ左右《右》の大殿の君たち
ならん…

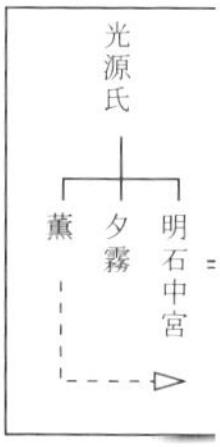

【資料４／夕霧と紅梅】

① **左大臣**亡せ給て、右（＝夕霧）は左に、藤大納言（＝紅梅）、左大将かけ給へる右大臣になり給。（『新大系』竹河巻　二八八頁）　**※夕霧＝四九歳**

② （冷泉帝の）御かたちいよ〳〵ねびとゝのほり給て、（光源氏と）たゞ一つ物と見えさせ給を、中納言（＝夕霧）さぶらひ給が、こと〳〵ならぬこそめざましけれ。あてにめでたきけはひや、思ひなしにをとりまさらん、あざやかににほはしき所は添ひてさへ見ゆ。ふへ仕うまつり給、いとおもしろし。唱歌の殿上人、御階にさぶらふなかに、弁の少将（＝紅梅）の声すぐれたり。（藤裏葉巻　一九八頁）　**※夕霧＝一八歳**

［参考］位階と官職

位階	官職例	夕霧	紅梅
正従一位	左右大臣	①	①
正三位	大納言		
従三位	中納言	②	
正四位上			
正四位下	参議		
従四位上	左右大弁		
正四位下	近衛中将		
正五位上			
正五位下	近衛少将		②

③

【系図ア】

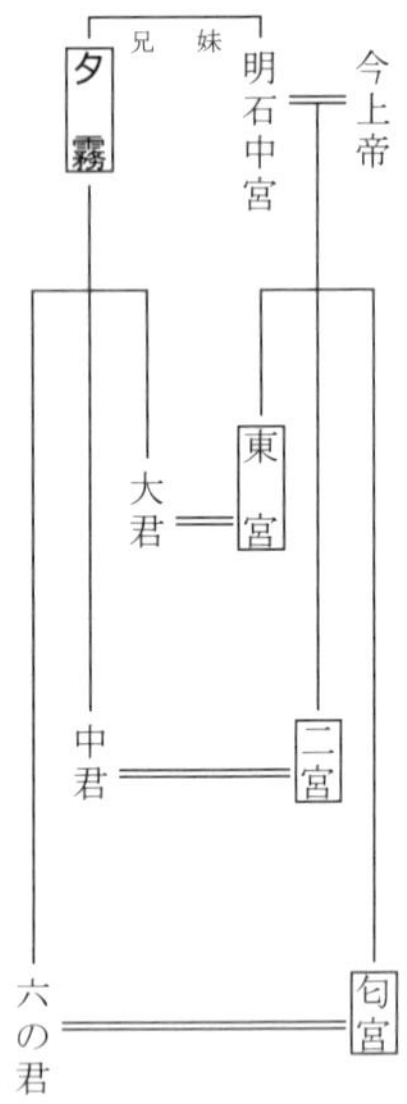

④
春宮には、**右大臣**殿（＝夕霧の大君）の並ぶ人なげにてさぶらひ給ば、きしろひにくければど、さのみ言ひてやは、人にまさらむと思ふ女子を宮仕へに思ひ絶えては、何の本意かはあらむ、と（紅梅大納言は）おぼし立ちて、（大君を東宮に）まいらせたてまつり給ふ。（紅梅の大君は）十七八のほどにて、うつくしうにほひ多かるかたちし給へり。（『新大系』紅梅巻　二三三頁）
《訳》東宮には、右大臣夕霧殿の大君が並ぶ人もいない様子でお仕えしておられるので、競り合いづらいけれど、そのようにばかり言っていられようかそうもいかない、人より勝るようにと思う女子なのに宮仕えを断念しては、何の本意があろうか不本意であろう、と紅梅大納言は思い立ちなさって、大君を東宮に入内させなさる。紅梅の大君は十七八の年齢で、かわいらしくとても美しいご容貌をしておられる。

⑤

【系図イ】

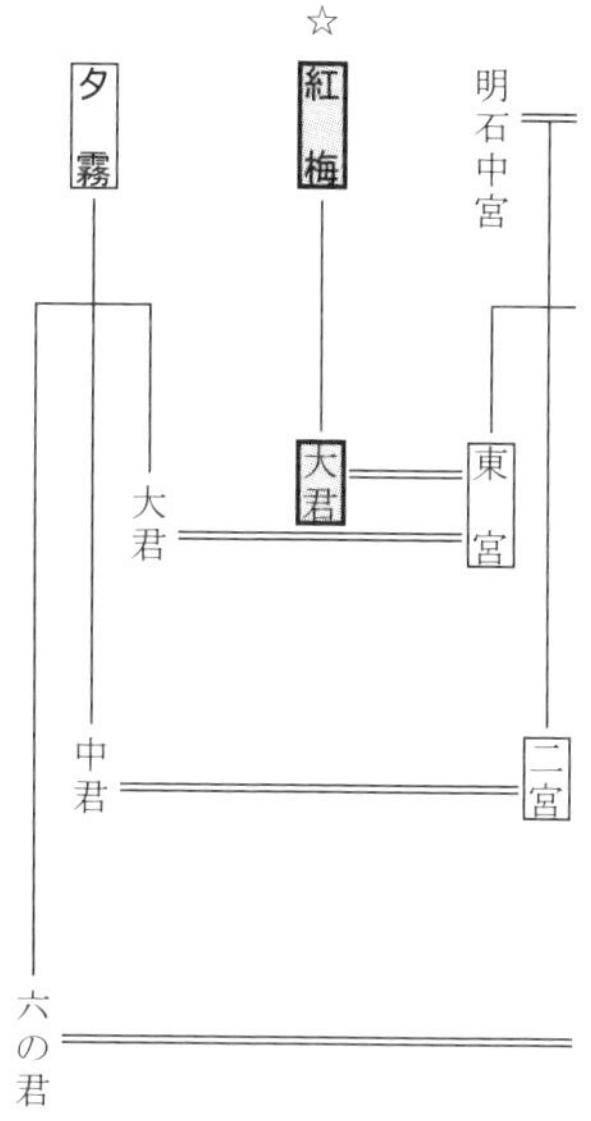

【資料5／E＋F】

…このおもとは、いみじきわざかな、御き丁をさへあらはに引きなしてけるよ、**左右の大殿**の君たちならん、疎き人、はたこゝまで来べきにもあらず…
《訳》…このおもとは、大変なことだなあ、障子だけでなく御几帳まで奥が露わに見えるように置いてあったことよ、覗いていたのは**左大臣夕霧殿や右大臣紅梅殿**の子息達であろうか、明石中宮と関係が疎遠な人では、とてもここ（＝六条院の女君や女房たちの控室）まで侵入することは出来ないだろうし…

【資料6／…＋α】

大学　日本語日本文学会

大臣考

の向き合い方ー

語日本文学科　　中井　賢一

平成２７年度　熊本県立
「左右の」
ーテクストと
文学部　日本

【資料2】C　大島本　花宴巻末

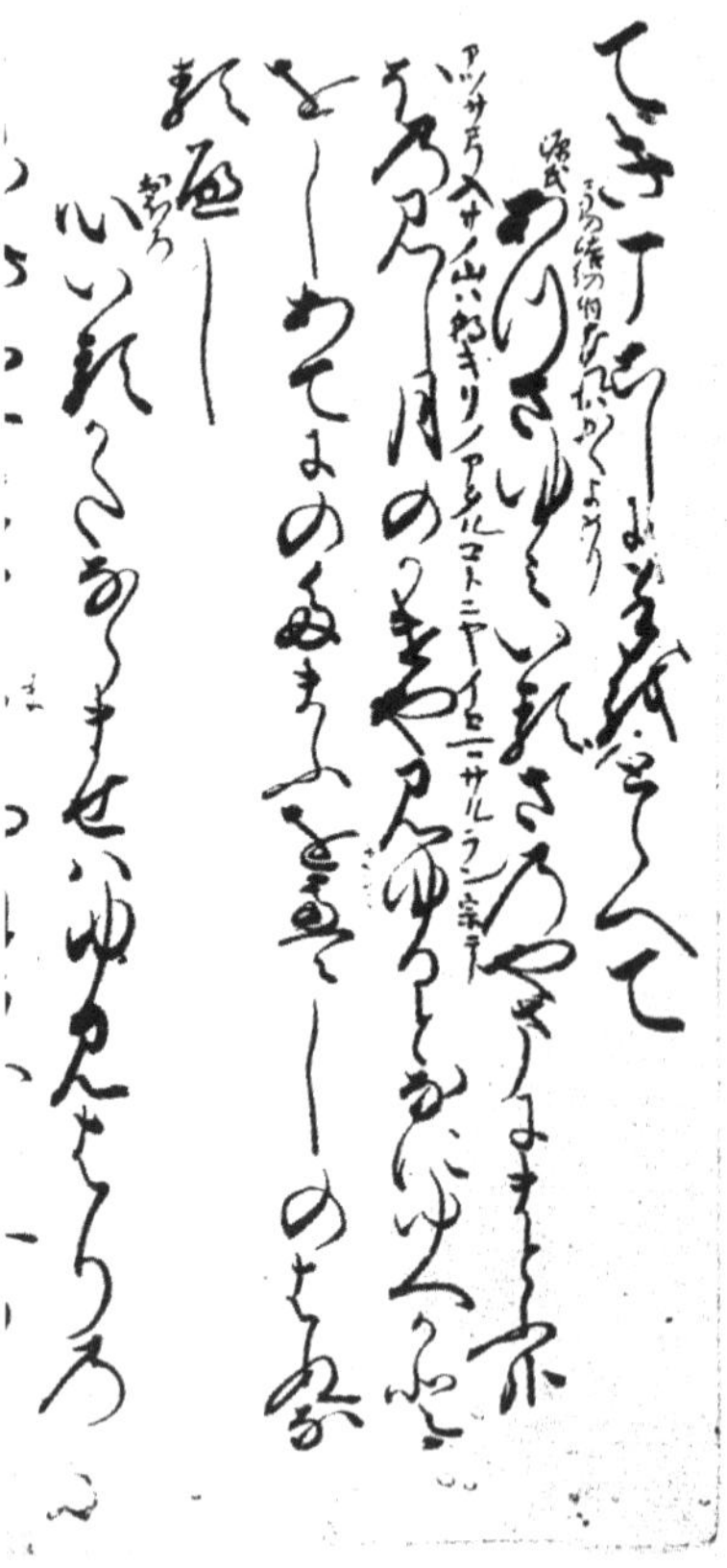

……………えしのはぬな
るへし
心いる　かたならませは　ゆみ　はりの
（ま）
月なき　空に　まよは・しやはといふこゑたてそ
れなり　いと　うれしき　ものから

【資料2】D　大澤（おおさわ）本　花宴巻末

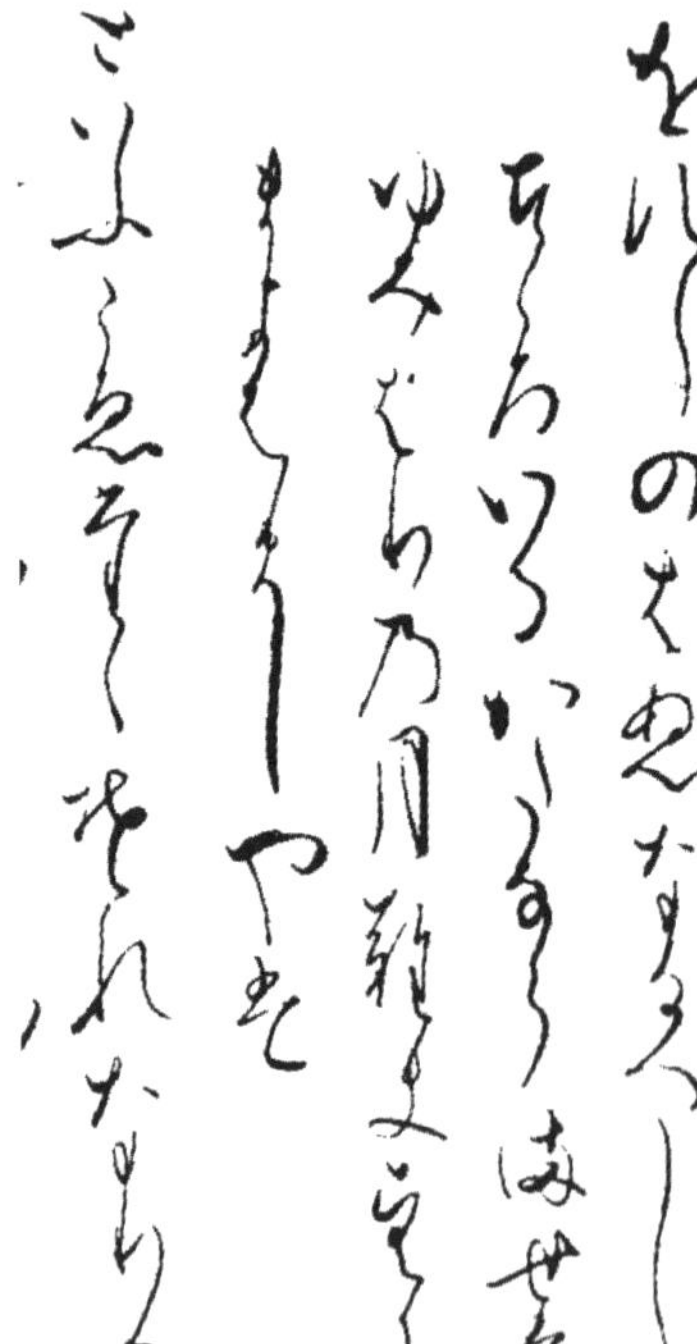

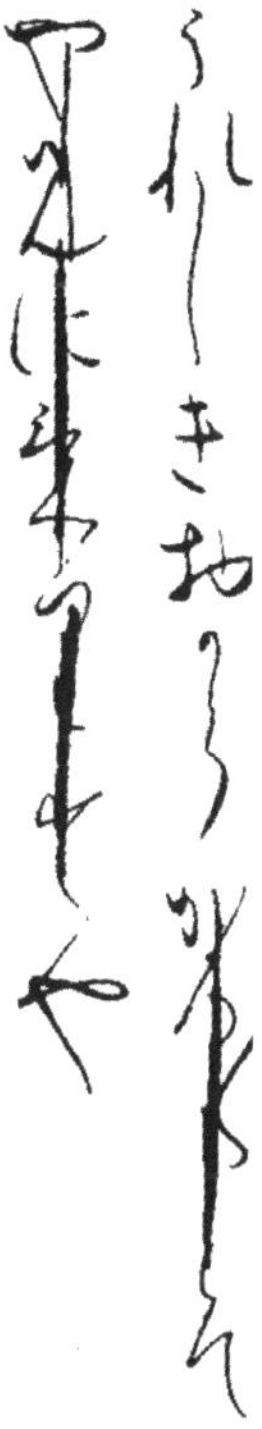

…えしのはぬなるへし
こゝろいるかたならませは
ゆみはりの月なき空に
まよはましやはいと
といふこゝろたゝそれなり
うれしき物からかろくしとて
やみにけるとや

【資料3】F　大島本　蜻蛉巻

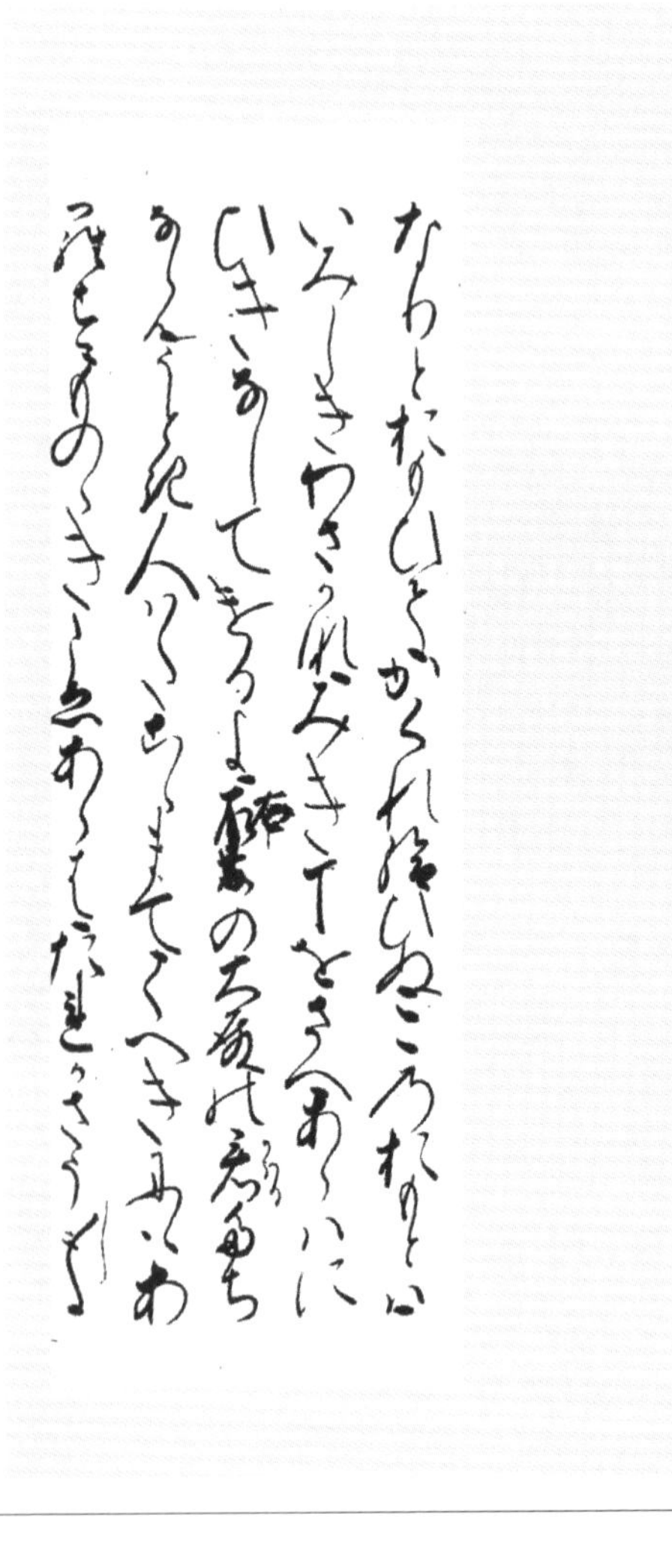

…………………………………おもとは
いみしき　わさかな　みき　丁を　さへ　あらはに
ひきなして　けるよ　左(右)右の大殿　の君　たち
ならんうとき人はた　こゝ　まて　くへき　にも　あ
らす……………………………………

【資料6】

・大島本　若菜上巻

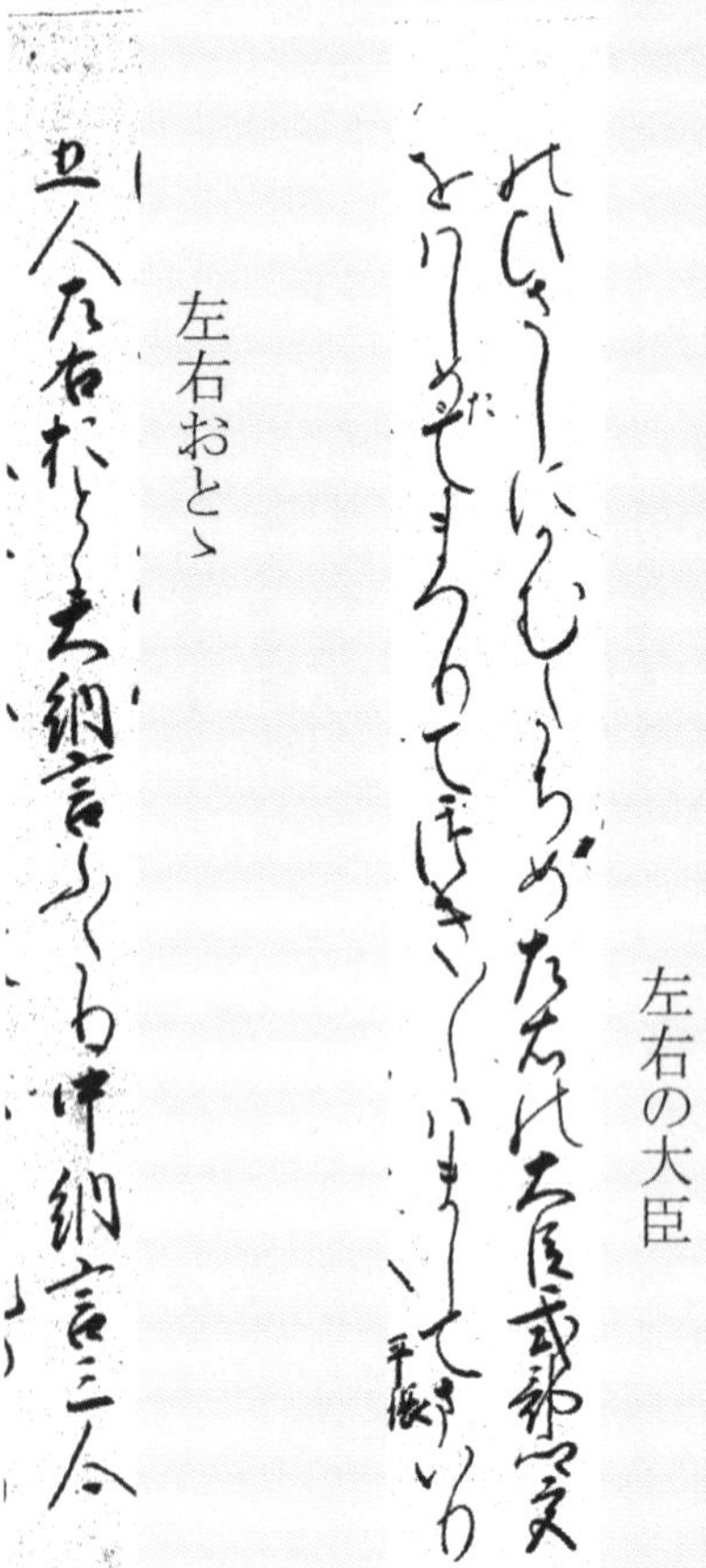

・うつほ物語　九州大学蔵本

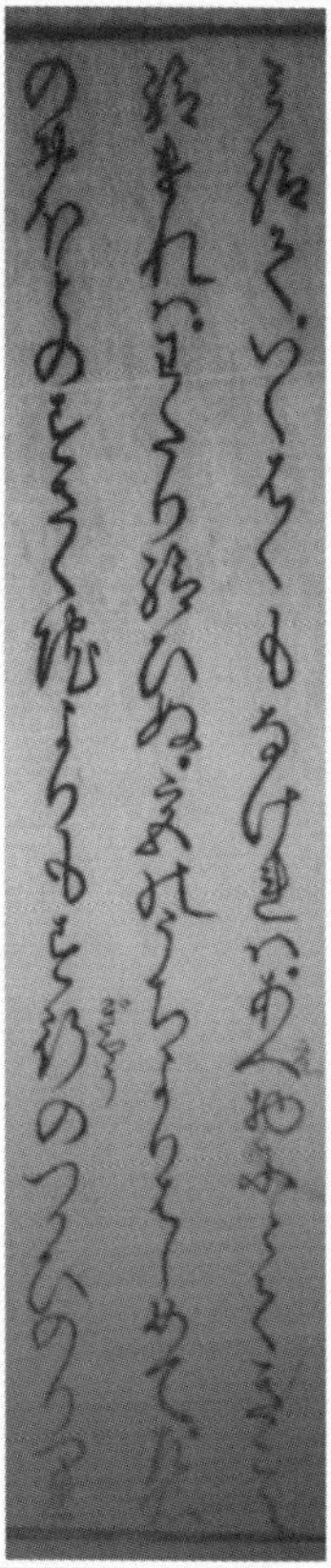

（2行目末より）
左右のおほとの

＊1の初出：「「左右の」大臣考―テクストとの向き合い方―」（『国文研究』第六一号　二〇一六年八月（転載））

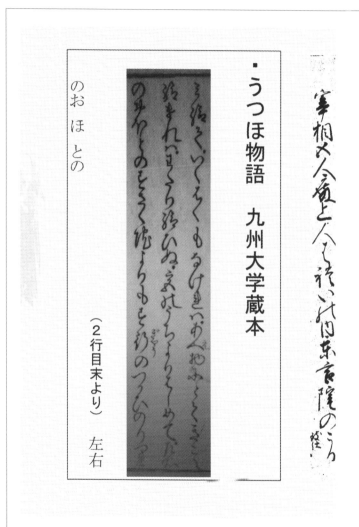

section #2

破壊者としてのかぐや姫・桐壺更衣・光源氏

本稿は、前任校（熊本県立大学）在勤時に、高校生も含め、広く地域の方々を対象に開催されたシンポジウム（熊本県立大学×福岡女子大学　合同シンポジウム「文学の可能性―『古典』の力―」（平成二九年八月一〇日。於：熊本県立大学。当日の来場者は一五七名、うち高校生が一四名。））における、稿者基調報告部分（「報告Ⅰ」）の記録である。

基調報告時の原題は、「『古典』は何を鍛えるか？―破壊者としてのかぐや姫・桐壺更衣・光源氏―」であり、当日の配付資料、及び、スライド提示資料は、一括して本稿の最後に掲げた（「配付資料」2頁末尾の影印画像は『陽明叢書国書篇第一六輯源氏物語一』（思文閣出版）（陽明文庫所蔵）に拠る。）。

基調報告の際に、具体的に触れておきたい資料・先行研究等も多くあったが、煩を避け省略したこと、また、本稿も、ほぼ当時のままを再現する形を採っていること、を併せ断っておく。


中井です。主に平安時代の物語作品について研究しています。本日のテーマが「文学の可能性―『古典』の力―」ですので、『古典』には私たちの何を鍛える力があるか、との観点から、『古典』の現実的、且つ、現代的な効果について、報告したいと思います。今日は、高校生も多くおられますので、教科書にも載っている『竹取物語』と『源氏物語』を取り上げ、『古典』だからこその読みと、それが切り開くものについて考えます。手順として、まず、その「『古典』だからこその読み」に必要な知識、いわば、『古典』だからこその〈ものさし〉をいくつか例示し、次にそれらをもとに、三つの結婚について読み直します。なお、お手元の配布資料には、ところどころ空所がありますので、それを埋めながら進めることにします。モニターにも、その都度、答を映しますので、適宜、ご参照ください。では、始めます。

【資料1】をご覧ください。

さて、一つ目の〈ものさしア〉は、空所①、平安物語の登場人物は、ではモニターの方をご覧頂きまして、政治家である。登場人物の多くは皇族や貴族であり、帝を頂点とする政治世界で生きています。当然ながら、彼らの動きは、政権や多くの人々に影響します。
次に〈ものさしイ〉、それは当時の統治システムです。政権トップは帝ですが、この下に公卿という行政官がいて、ランクの上から、太政大臣一名、左大臣一名、右大臣一名、内大臣一名、大納言二名、中納言三名が定員です。本当はこの下に、参議らがいて、今の内閣みたいになるのですが、当然、大臣らより権限が弱いので、今は省きます。また、摂関、摂政や関白ですね、がいることもありますが、今日取り上げる場面には、いないようなので、これも今は考えないことにします。資料では、いずれも括弧に入れてあります。

さて、太政大臣から中納言まで九名ですが、太政大臣は、平安中期、九〇〇年代終わり頃までは、摂関の権限を併せ持つポストであり、権限が強すぎるがゆえに、いないことが多いです。平安中期以降は、摂関の権限が切り離されたので、太政大臣は名誉職的なポストになり、実質上のナンバー1は、左大臣でした。また、同じく九〇〇年代終わり頃までは、内大臣もいないことが普通でした。『竹取物語』の成立が、九〇〇年代初め以前、とされ、『源氏物語』の成立が、一〇〇〇年代初めとされますので、『竹取』の時代には、太政大臣も内大臣も、空所②です、モニター、欠員があることが多く、『源氏』の時代には、空所③、欠員がないことが多い、但し、太政大臣は必ずしも行政官のナンバー1ではない、ということになります。

また、残る左大臣、右大臣、大納言、中納言の七名についても、傾向は同じで、九〇〇年代初め頃までは欠員が目立ちます。ところが、九〇〇年代中盤あたりから欠員は稀になり、逆に、権大納言、権中納言という形で、定員オーバーが当たり前になります。つまり、この七名についても、『竹取』の時代には、空所④、モニターですが、欠員があることが多く、『源氏』の時代には、空所⑤、欠員がないことが多い、とまとめて良いでしょう。

次に〈ものさしウ〉、それは結婚の意義です。帝と臣下に分けます。まず、帝にとって結婚の最大の意義は、空所⑥、皇太子を誕生させることにあります。帝は、当然、自分の息子にポストを引き継ぎたいからです。もう一つの意義は、有力な貴族を親戚にして、空所⑦、政権の安定を図ることにあります。いわば、強いスポンサーの力で長期政権を狙うわけです。

次に、大臣以下、臣下にとっての意義です。それは、有力者との、空所⑧、コネクションを作ることにあります。やり方は二つ、一つは、自分が有力者の娘と結婚する方法、もう一つは、自分の子ども、特に娘を有力者と結婚させる方法です。コネクションがあれば、昇進しやすくなり、家の格も上がります。臣下にとって、結婚は、出世の大チャンスだったのです。

〈ものさし〉を三つ確認しました。では、これらを使って、「三つの結婚」を見てみましょう。【資料2】へお移りください。

まずは、『竹取』。ご承知の通り、五名の貴公子たちは、かぐや姫から無理難題を与えられて失恋します。また、帝も、かぐや姫の超能力によって失恋します。途中、笑い話もあ

ります が、全員敢えなく失恋し、しかも死者まで出ますので、まとめるならば、「結婚にまつわる悲劇の恋の物語」と言えると思いますが、従来、私たちはこのエピソードに、かぐや姫の魅力や、求婚者たちの滑稽さや、権力者への批判などを読み取ってきました。中学や高校でもそのように習ってきたと思います。が、本当にそれだけで良いのでしょうか。

注目したいのは、この合計六名が、求婚のためどうしたか、あるいは、その後どうなったか、です。整理してみます。

まず、石作皇子は、仏の鉢の偽装のため、三年間、都から失踪します。くらもち皇子も、蓬萊の玉の枝の偽造で、三年間潜伏し、失恋後は、出家あるいは死亡します。右大臣阿倍みむらじは、火鼠の皮衣の輸入で、お金を五十両以上、今の価値で数百万円とも数千万円とも言われますが、莫大な財産を失います。大納言大伴御行は、妻を捨てて竜の首の玉を取りに行き、病気になり、家も財産も失います。中納言石上麻呂足は、燕の子安貝を取ろうして、死んでしまいます。帝については見落としがちなので、「本文」を読んでみます。「（失恋後も）かぐや姫のみ御心にかかりて、ただ独り住みし給。よしなく御方々にも渡り給はず、かぐや姫の御もとにぞ、御文を書きて通はせ給」。「かやうに、御心をたがひに慰め給ほどに、三年ばかりありて、…」。「訳」も読みます。「（失恋後も）かぐや姫のことばかりお心にかかって、帝はただただ独り身で過ごしなさる。わけもなく妻たちのもとにも行きなさらず、かぐや姫の所にばかり、お手紙を書いてやりとりなさる」。「このように、お心を互いに慰め合ううちに、三年ほど経って、…」。つまり、帝は、かぐや姫に執着し続け、二箇所の傍線部、「三年」も「独り住み」をする、つまり、三年間も妻たちと逢瀬を持たないのです。

さて、ここで先ほどの〈ものさし〉が効いてきます。まず、資料の2頁、右下の《図X》ですが、政権中枢の、左大臣以下、七名のうち、三名が、破産あるいは破産同然、病気、死亡。約半分が、いわば、使い物にならなくなる。しかも、この時期は、欠員が多い時期です。もし、もともとどこかに欠員があれば、政権はもはや壊滅状態です。更に、下段の《図Y》、石作皇子もくらもち皇子も、「皇子」とある通り、帝の息子、即ち、皇太子候補です。それが三年間もいなくなり、一人は死んだかもしれません。皇太子候補が減るのですから、大事件です。もちろん、この時、別に皇太子がいた可能性もありますが、当時のことですから不慮の死や政変もあり得ます。石作とくらもちがいなくなると、いわば、補欠がいなくなるので、やはり、まずいわけです。

帝につきましても、失恋後、三年間も「独り住み」を続けるということは、その間、妻たちに子どもが生まれない、即ち、空所⑨ですけれども、モニター、皇太子候補が生まれないことになります。当然、妻たちも、その一族も、怒りますし、帝への不満が募れば、何かとトラブルも出てきます。政権が不安定になるわけです。

このように見てくると、かぐや姫が、一貫して政権や皇位継承にマイナスに作用することが分かります。つまり、かぐや姫は、政治体制を不安定にする危険因子なのであり、あり得た秩序の、いわば、破壊者なのです。私は、自分の授業では、月から来たエイリアン、日本侵略、とか言っているのですけれど…。それはさておき…。

続いて、『源氏』桐壺巻を見てみましょう。【資料3】です。これも高校の教科書に載っているエピソードです。桐壺更衣は、桐壺帝と結婚し寵愛されて光源氏を産みますが、弘徽殿女御ら、帝の他の妻たちにいじめられ、亡くなってしまいます。『竹取』同様、私たちは、これも「結婚にまつわる悲劇の恋の物語」と捉えていますし、高校の授業でも、そのような観点で読むと思います。が、これも単なる「悲劇の恋の物語」ではあり得ません。例えば、かぐや姫への恋ゆえに帝が「独り住み」すると、子どもが生まれなくなるので、みんな困りました。同じことです。桐壺更衣が帝から寵愛されればされるほど、他の妻が子どもを産むチャンスは減りますし、皇太子候補も制限されます。皇太子が既にいる場合でも、何かあった時の補欠がいなくなります。つまり、桐壺更衣は、かぐや姫同様、政治体制に対する危険因子、秩序破壊者なのであり、単なる悲劇のヒロインでは済まないのです。弘徽殿女御がいじめた、とよく言われますが、当時の目で見ると、むしろ、それももっともなことだったのです。

さて、その桐壺更衣は光源氏を産みました。が、実はこれこそが最大の「危険」でした。やはり、と言いましょうか、これも結婚と関わって描かれます。【資料4】をご覧ください。この桐壺巻で、光源氏は、左大臣の一人娘葵上と結婚します。この葵上は、ご存じの方も多いと思いますが、物怪に殺されてしまう女君で、これもまさに「悲劇の恋の物語」なのですけれども、今重要なのは、この結婚の前に、葵上に別の縁談があったことです。実は、右大臣から、次の帝、朱雀と結婚させるよう、左大臣に話があったのです。分かりやすいように《系図》にしてみました。点線で囲ったBが実際の光源氏と葵上の結婚パターンで、Aが朱雀と葵上の結婚パターンです。比べてみましょう。黒い太字にご注目ください。

もし、Aパターンならば、第一に、葵上は帝の妻のトップである中宮、ファーストレディになる可能性があります。第二に、葵上と朱雀の間に皇太子が生まれる可能性が出てきます。左大臣が皇太子の外戚になれば、一族も安泰です。第三に、実質上のナンバー1左大臣とナンバー2右大臣の連携なので、朱雀政権は超安定政権となります。対するBパターンは、光源氏は臣下なので、帝にもなれませんし、葵上も中宮にはなれません。光源氏の母も、母の父も死んでいて、左大臣方はサポートも望めません。このように、明らかにAパターンでした。作中人物も、当時の人々も、当然、違和感を覚えたはずです。選ばれたのは、Bパターンの方が、左大臣にも葵上にも有利です。にもかかわらず、選ばれたのは、Bパターンでした。作中人物も、当時の人々も、当然、違和感を覚えたはずです。右大臣や朱雀にしてみれば、有利な方があっさり振られたわけです。「なんで光源氏やねん！」となります。当然、大きなメリットを捨ててまで、光源氏を選んだ左大臣方を不審に思ったでしょうし、もっと言うなら、極めて不穏な、いやな空気を感じたはずです。具体的に言うと、朱雀政権を倒す、例えば、クーデターです。

再度確認しましょう。Aパターンなら、たとえ葵上が朱雀帝の中宮になっても、太線を辿ってください、朱雀の母が弘徽殿女御なので、右大臣方の政治介入が強いことが予測されます。つまり、朱雀が、左大臣の思い通りに動くとは限らないわけです。だとすると、Aパターン以上に左大臣方にメリットがある方法は、モニターのほうの《系図》右下をご覧ください、黒い部分で示しますが、光源氏が皇族に戻って帝になり、葵上がその中宮になることです。これなら、左大臣は右大臣方の影響を受けずに、権力を独占できます。みすみすAパターンを捨てた左大臣方に対して、右大臣や朱雀が、自分たちを倒して光源氏を帝にするクーデター計画があるのではないか、と疑うのは、極めて自然なことなのです。だとすると、光源氏の存在は、未来の政権を破壊しかねない「危険因子」以外の何物でもないはずです。当然、右大臣たちにとって光源氏は目障りですし、今後光源氏が何かと目の敵にされることは容易に想像されます。当時の人々は、この「結婚」を、今後の不穏な展開の伏線としても理解できたのであり、また、その「理解」通り、右大臣たちに睨まれた光源氏は、朱雀への反逆を問われ、須磨に流れることになるのです。

本発表をまとめます。〈ものさし〉をもとに、『竹取』と『源氏』の三つの結婚について見てきました。いずれも、これまで私たちが捉えてきた「悲劇の恋の物語」としてだけでなく、政治体制を左右する、空所⑩、秩序破壊の物語、空所⑪、不穏な政治の物語としてもあることが見えてきました。いわば、私たちは、〈ものさし〉を知ることで、これまでの思い込みや先入観を乗り越え、もう一つの物語に気付けた、つまり、「『古典』だからこその読み」に気付けたのです。平安期、〈ものさし〉が当たり前だった人々や、作中人物と同じ視点を獲得できた、と言って良いでしょう。

『古典』には、例えば、近現代の文学より、時代が古いぶん、〈ものさし〉が多くあります。

また、例えば、外国の文学より、日本語であるぶん、あるいは、授業で習うぶん、こんな話だ、との先入観も生まれがちです。しかし、だとすると、そのぶん、〈ものさし〉によって先入観を打ち破る機会も、また『古典』には多くあるはずです。対象作品だからこその〈ものさし〉を知り、それに則って考えることで、新たな視点を切り開き、対象への理解を深める。このような姿勢を身に付けることは、グローバル化が進む今こそ、重要ではないでしょうか。日々新たに出会う人や物や価値観と共存するためにも、まずはその対象への正しい理解が必要です。その対象だからこその〈ものさし〉で考え、先入観にとらわれず、対象を理解する、そのトレーニングに、〈ものさし〉も「先入観」も多い『古典』は、格好の教材になると思うのです。これが、冒頭に述べた、『古典』と向き合う現実的、且つ、現代的な効果です。これが結論です。

最後に、もう一つ、【＋α】として、〈ものさしエ〉を紹介して終わります。それは、『古典』が書かれた当時の本、写本と言いますが、空所⑫、写本によって本文は違う。
私たちは、『源氏物語』桐壺巻、冒頭の本文を、【資料3】の通り、「いづれの御時にか、女御、更衣あまたさぶらひ給ひける中に、いとやんごとなき際にはあらぬがすぐれてときめき給ふありけり」だと思い込んでいます。しかし、それは正しいでしょうか。資料の一番左、写本の画像の、傍線部にご注目ください。「すぐれてときめき給ふ」のあと、「おはしけり」とあって、尊敬語が付いています。つまり、桐壺更衣に対して、「おはしけり」と敬意を払う写本と、「ありけり」と敬意を払わない写本とがある、ということです。なぜそうなるのか、どう違ってくるのか、是非、考えてみていただきたいのですが、『古典』の本文は、私たちが知っているものだけが絶対ではない、ということは確かです。

以上で終わります。ありがとうございました。

熊本県立大学×福岡女子大学　合同シンポジウム「文学の可能性―『古典』の力―」　平成29年8月10日

報告Ⅰ

『古典』は何を鍛えるか？

―破壊者としてのかぐや姫・桐壺更衣・光源氏―

熊本県立大学　中井賢一

【資料1／『古典』だからこその知識《ものさし》】

〈ものさし**ア**〉＝平安物語の登場人物は①［　　　］である。
〈ものさし**イ**〉＝当時の統治システム。

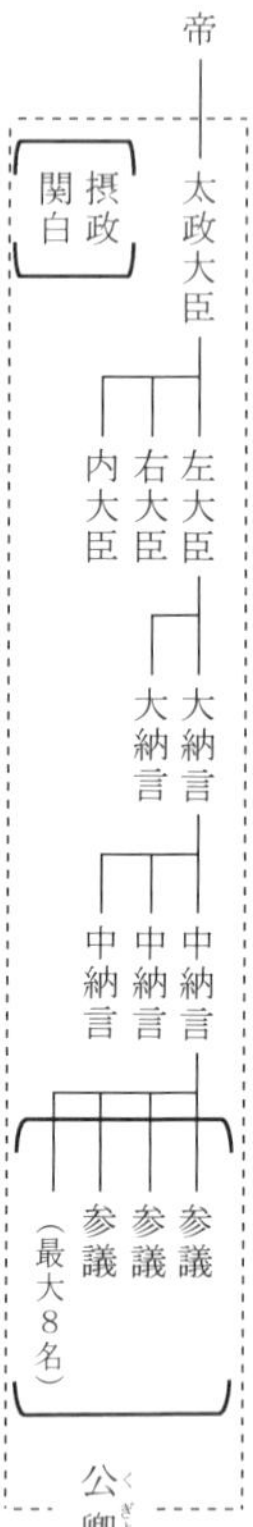

●『竹取』の時代

↓太政大臣・内大臣は…
欠員が②［　　　］ことが多い。

●『源氏』の時代

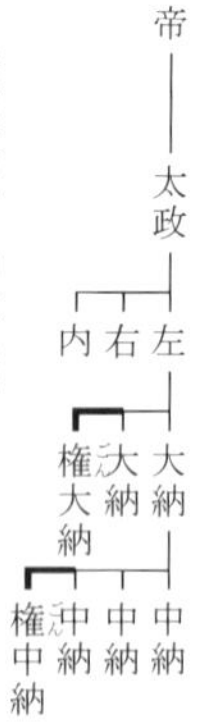

↓太政大臣・内大臣は…
欠員が③［　　　］ことが多い。

↓左大臣・右大臣・大納言・中納言も…
欠員が④［　　］ことが多い。

但し、太政大臣は… 必ずしも行政官のナンバー１ではない。
↓左大臣・右大臣・大納言・中納言も…
欠員が⑤［　　］ことが多い。

〈ものさし**ウ**〉＝結婚の意義。
帝にとっては…⑥［　　］の誕生。有力貴族による⑦［　　］。
臣下にとっては…有力者との⑧［　　］。（昇進、家の格上げに繋がる）

【資料２／結婚にまつわる悲劇の恋の物語・その一―『竹取物語』かぐや姫への求婚―】

※以下、本文の引用は全て岩波『新大系』。表記を改めたところがある。

１石作皇子	「仏の鉢」偽装	↓三年間の失踪。
２くらもち皇子	「蓬莱の玉の枝」偽造	↓三年間の潜伏。のち出家か死亡。
３右大臣阿倍みむらじ	「火鼠の皮衣」輸入	↓莫大な財産の喪失。
４大納言大伴御行	「竜の首の玉」奪取	↓病気。妻、家、財産の喪失。
５中納言石上麻呂足	「燕の子安貝」奪取	↓死亡。
６帝		

本文（失恋後も）かぐや姫のみ御心にかかりて、（帝は）ただ独り住みし給《たまふ》。よしなく御方々にも渡り給はず、かぐや姫の御もとにぞ、御文を書きて通はせ給。（―中略―）かやうに、御心をたがひに慰め給ほどに、三年ばかりありて、…。

訳（失恋後も）かぐや姫のことばかりお心にかかって、帝はただただ独り身で過ごしなさる。わけもなく妻たちのもとにも行きなさらず、かぐや姫の所にばかり、お手紙を書いてやりとりなさる。（―中略―）このように、お心を互いに慰め合ううちに、三年ほど経って、…。
↓三年間の「独り住み」。

《図X》

《図Y》

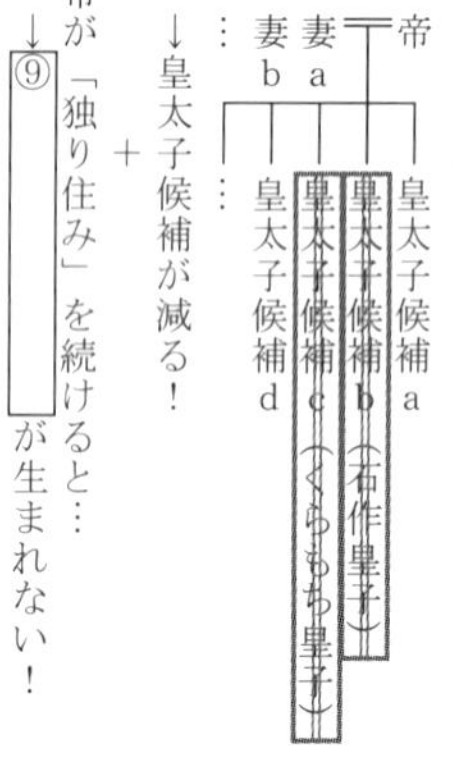

【資料3／結婚にまつわる悲劇の恋の物語・その二―『源氏物語』桐壺巻、桐壺更衣と桐壺帝―】

いづれの御時にか、女御、更衣あまたさぶらひ給ひける中に、いとやんごとなき際にはあらぬがすぐれてときめき給ふ（方が（＝桐壺更衣が））ありけり。はじめより我はと…
↓桐壺更衣は、桐壺帝と結婚し寵愛される。光源氏を産むが、弘徽殿《こきでん》女御ら、帝の他の妻たちから迫害を受け、死亡する。

【資料4／結婚にまつわる悲劇の恋の物語・その三―『源氏物語』桐壺巻、光源氏と葵上―】

《系図》

B

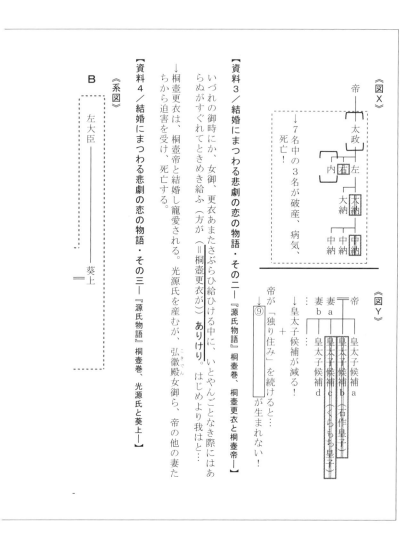

A

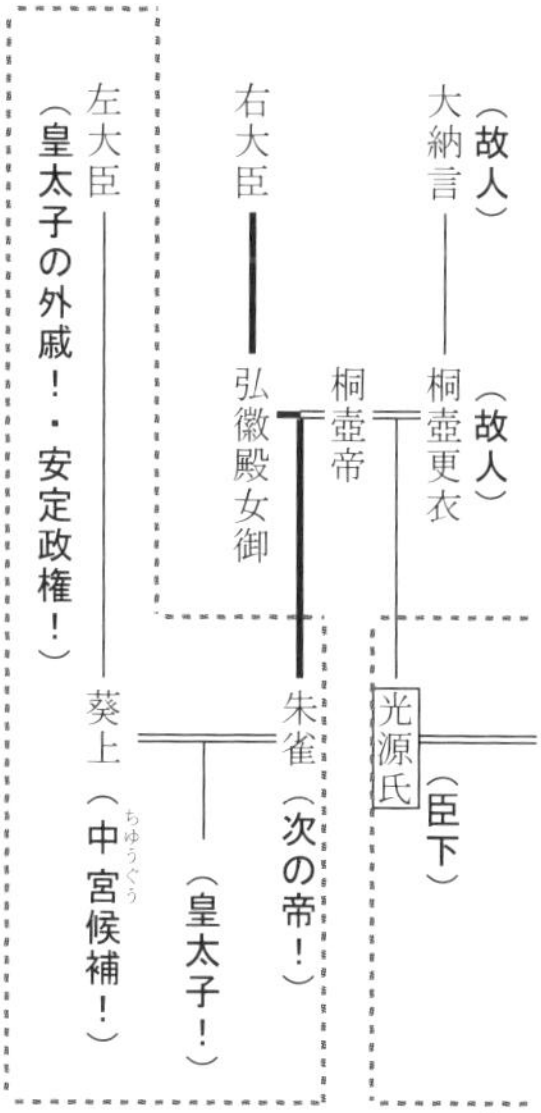

→右大臣、弘徽殿女御・朱雀《すざく》帝らにとって、光源氏は目障り！

【まとめ】

『竹取』『源氏』の三つの結婚　＝「悲劇の恋の物語」
＝「⑩　の物語」
＝「不穏な⑪　の物語」
→「『古典』だからこその読み」。平安期の人々や作中人物と同じ視点の獲得！

【…＋α】

〈ものさし**エ**〉
本文は違う。
＝⑫　によって
例えば陽明文庫《ようめいぶんこ》本では…

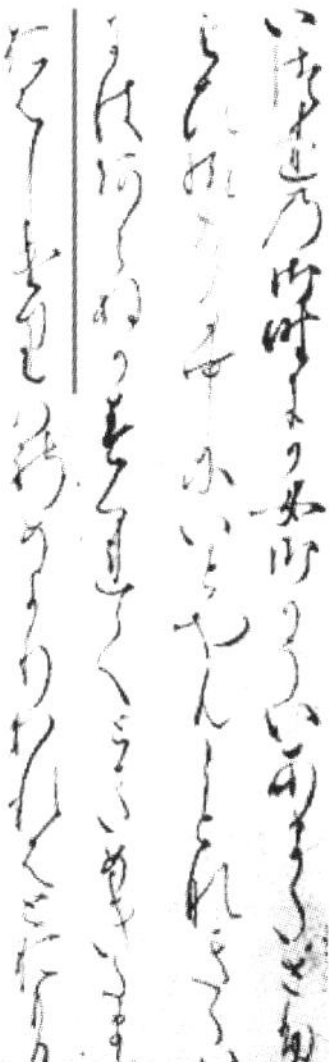

おはしけり　はしめより　われはと…

大学　合同シンポジウム
ー『古典』の力ー

を鍛えるか？

臣・桐壺更衣・光源氏ー

学　文学部　　中井　賢一

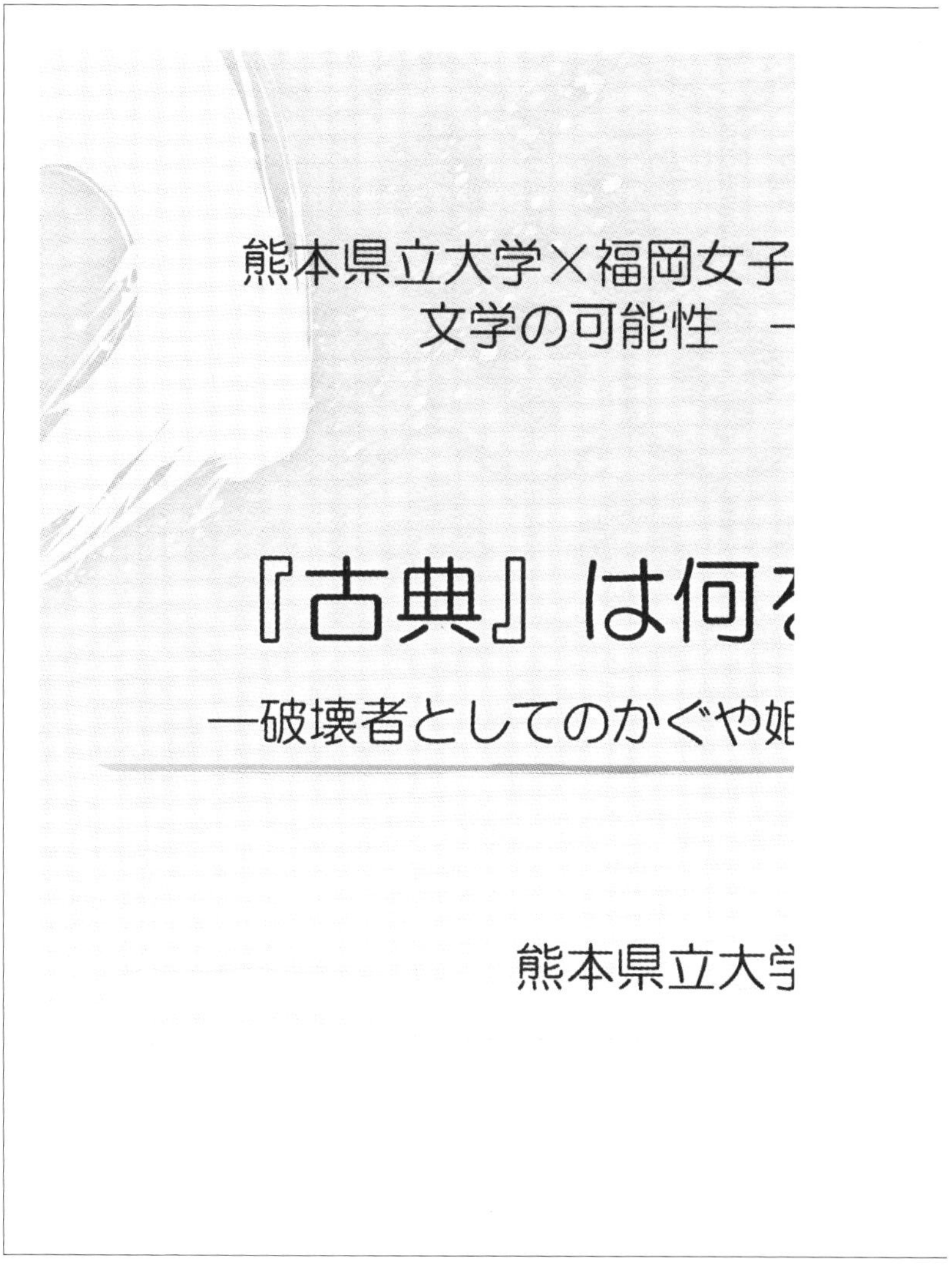
熊本県立大学×福岡女子
文学の可能性　ー
『古典』は何
ー破壊者としてのかぐや
熊本県立大

『古典』は何を鍛えるか？

—破壊者としてのかぐや姫・桐壺更衣・光源氏—

① 政治家
② ある
③ ない
⑦ 政権の安定
⑧ コネクション

⑨　皇太子候補

④　ある
⑤　ない
⑥　皇太子

『古典』は何を鍛えるか？
―破壊者としてのかぐや姫・桐壺更衣・光源氏―

B
《系図》

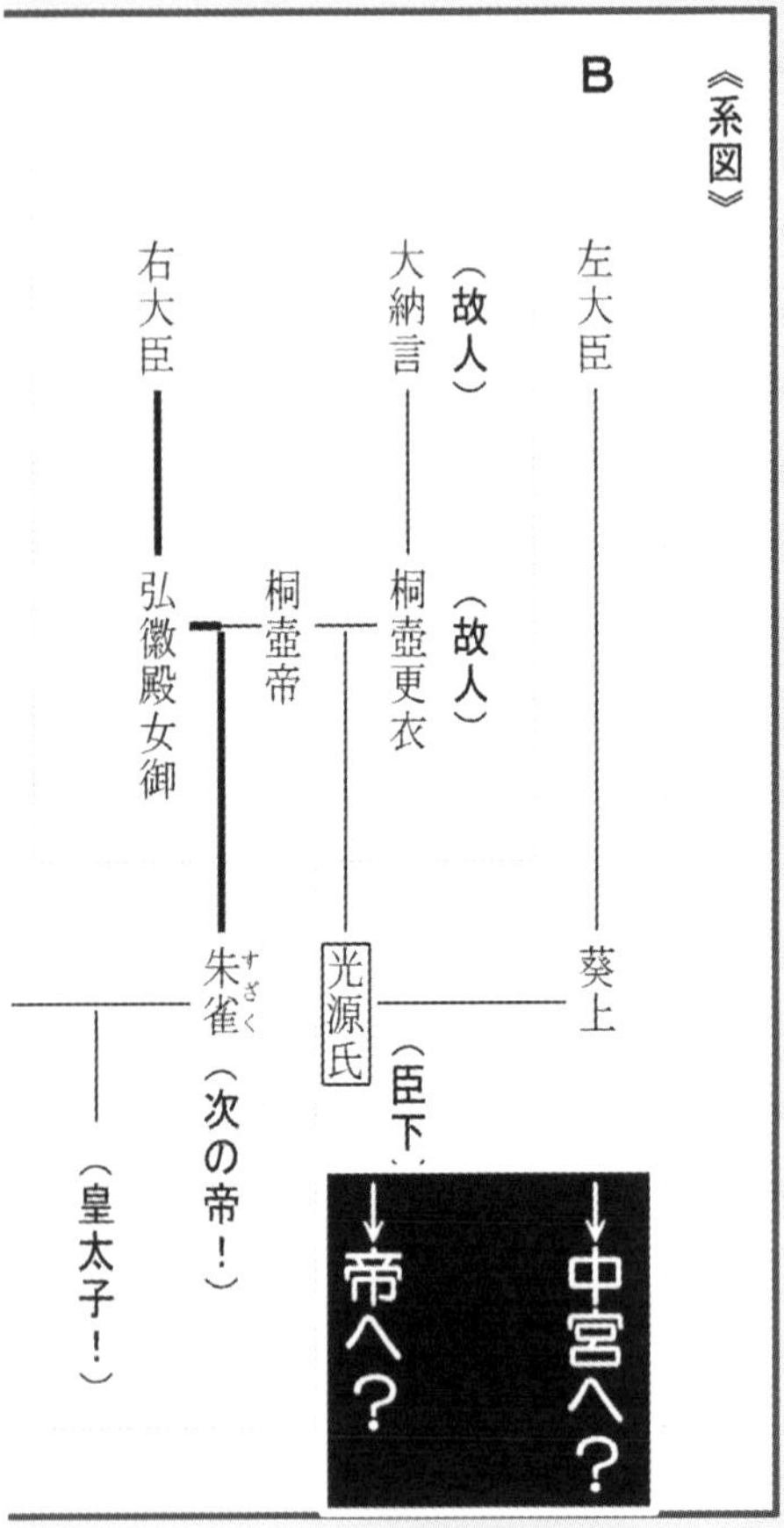

A

左大臣——————葵上
（皇太子の外戚！・安定政権！）
（中宮《ちゅうぐう》候補！）

⑩秩序破壊
⑪政治
⑫写本

#2の初出：「破壊者としてのかぐや姫・桐壺更衣・光源氏」（「清心語文」第二六号　二〇二四年一二月）

section #3

在と不在
―研究の〝芽〟の見つけ方―

本稿は、令和三（二〇二一）年六月一三日に開催された「ノートルダム清心女子大学日本語日本文学会　第二四回大会」における講演記録である。本大会参加者の多くは、本学の学生や教職員であるが、一部、他大学の学生や教職員等の聴講も見られる。第二四回大会は、オンライン開催だったこともあってか、本学教職員を除き、六六名の参加申し込みがあった。
なお、当日の配布資料（画面共有資料）は、一括して本稿の最後に掲げた。

文学部日本語日本文学科の中井です。本日はこのような機会をいただきありがとうございます。私は、主に平安期以降の物語作品を対象に、様々な観点から研究を進めていますが、本日は、学生や卒業生中心の学会とのことですので、研究の内容を細かく説明する、というよりは、作品論に絞って研究の手順を紹介する形にしようと思います。いわば、何をヽ明ヽらかにしたか、というより、どうやって明らかにしたか、です。実は、このような、研究方法に関する講演は前にもありまして、その際は、そもそもどんなテクストを用いて研究するべきか、まずは、そのテクストならではの性格を見極めてからスタートすべきだ、との趣旨を、『源氏物語』と『狭衣物語』の写本を使って説明しました。レジュメの「〇　はじめに」の〈参考1〉がその時の記録です。興味がおありの方は、ＰＤＦをお送りしますので、後でおっしゃってください。それで、本日は、そういったテクストの見極めが済んだ段階を想定して、ではその次はどうするか、という観点で、タイトル「在と不在─研究の〝芽〟の見つけ方─」と題して、説明したいと思います。最初に、本日用いる「在」、「不在」という用語ですが、レジュメ、〈参考1〉の左、「在」＝物語上にあらずもがなの展開が現象すること、「不在」＝物語上にあってしかるべき展開が現象しないこと、とします。

では始めます。「一　『山路の露』の「在」─なぜ薫邸は近火に遭うのか？─」をご覧ください。

『山路の露』は、鎌倉期初めに『源氏物語』の続編の体裁で作られた、いわば、偽物の後日談です。『源氏』のラストと合わせて簡単にあらすじを述べますので、「系図・i」を参考にされてください。『源氏物語』宇治十帖の男主人公薫は、本当は柏木と女三宮の子なのですが、准太上天皇光源氏と内親王女三宮の子ということで、何とかの七光りで、しかも今上帝の女二宮との結婚もあって、若くして高い身分のエリートです。『山路の露』の後半、二十八歳で内大臣、政界ナンバー3になるのですが、これは光源氏以上のスピード出世です。その薫は、身分の低い浮舟、この人が女主人公ですが、浮舟を身分差ゆえに隠し妻にします。ところが、本日の後半にも触れる匂宮がこっそり通じて三角関係になり、浮舟は、失踪、自殺未遂の挙げ句、出家してしまいます。その後、浮舟生存の噂を聞いた薫が、浮舟の弟小君を、浮舟のいる小野に派遣し、しかし、結局よく分からず、疑心暗鬼に苦しむ、というところで『源氏物語』は終わります。それを受けて『山路の露』ですが、〈参考2〉のとおり、①薫自身が浮舟を訪ねることを決意し、②改めて小君を派遣して確かめさせ、③遂に薫が浮舟との再会を果たし、④薫は浮舟の母のもとに右近を派遣してそのことを伝えさせる、と進んでいきます。クライマックスは明らかに③で、それ以外は別に…というストーリーなのですけれども…。ただ一点、[系図・i]の下の傍線と四角囲いのところですが、『源氏』当時と比べて、浮舟は密通して出家していますし、薫はこの後、内大臣になるほど力を強めていますので、『源氏』当時以上に身分差・格差が拡がっている、当時以上に近しく相会うことが憚られる、ということを強調しておきます。後で関係しますので、ご記憶ください。

さて、今見たとおり、〈参考2〉の①から④と進むのですが、②の後、何とも不思議な設定が出てきます。【資料A】をご覧ください。読みます。

（小君が小野から）参り着きたれば、御門もみな鎖されにけり。（中略）人々の声あまたして、いみじう慌たたしげなるを、「何ごとならん」と思ふ程もなく、火燃え出でて、煙も満ちみちたり。（中略）「この殿（薫邸）近し」と聞きつけて、参り給ふ人々の馬・車の音しげう、騒ぎ満ちたり。（中略）いみじかりつれども、程なく燃えとまりて、世の中しづまりて、みなまかで散りなどして、名残なく、しめやかなるに、君（薫）は、明け行く空のをかしきに、渡殿に立ち出でて見給ふとて、かの童召し寄せたり。
②で浮舟生存を確認した小君が帰ってくると、薫邸付近が騒然とし、四角囲いのところ、火事が発生します。その後、小君が邸に入り、傍線部、「参り給ふ人々の馬・車の音しげう、騒ぎ満ちたり」と、大勢の見舞いが来てごった返す。喧騒の大きさが、薫の支持者の多さを反映し、その重要人物ぶりが窺えますが、波線部、「程なく燃えとまりて」薫邸は被災を免れ、「みなまかで散りなどして、名残なく、しめやかに」になり、それに乗じて、二重線部、

薫は「かの童」小君を「召し寄せ」る。そして、小君の報告を聞いた後、③に向けて、浮舟のもとに出立することになります。

が、②から③への流れで、この火事はあまりにも唐突ではないでしょうか。後からこの火事に触れられることもありませんし、何とも不自然です。例えば、〈参考3〉の御論文などでは、薫邸の鍵を開けさせるため、と言われるのですが、確かに鍵は開くのですけれども、しかし、そのためだけに火事を起こすでしょうか。それにしては事件規模が大きすぎないでしょうか。何より、薫が小君を派遣したのですから、小君が帰ってくるのも分かっていますし、門番に指示しておけば済む話です。なぜこんな設定なのでしょうか。本日の用語を使うなら、なぜこんな「在」が挟み込まれるのか…。

ここで【資料B】をご覧ください。分からないものが一つだと分からないままなのですが、分からないものが複数あると逆に見えてくることもあります。読みます。


大将の君、日ごろ少しわづらひ給ひけるを、（ア）母宮など思し騒ぎて、いとどもの騒がしかりけるまぎれに、かしこのこともおぼつかなくて日ごろになりぬ。（中略）ことなることなくておこたり給ひぬれど、（中略）いづくにも御ありきなどはし給はず。

のどやかなる昼つ方、（中略）かのゆかりの童参れり。近く召し寄せて、「悩ましうしつる程は、（イ）人目しげう、むつかしうて。この行く方知らねば、いといぶせきにも、ただ今、これよりすぐに行けよ。…」

四角囲いのところ、薫の病が言われます。しかし、実は薫は、『源氏』では仮病以外の病気をしたことがなく頗る健康で…。しかも、先ほどの火事同様、この後の脈絡とも関わりませんし、やはりこれも不自然な「在」と言えましょう。少し経過を見てみます。病の薫に、傍線部（ア）、母女三宮などが「思し騒ぎて」、加持祈祷や見舞いなど、「いとどもの騒がし」いため、薫は浮舟向きのことに着手できずにいた。しかし、二箇所の波線部、無事「おこたり」、小君を「のどやかなる昼つ方」に召して、病の間は、傍線部（イ）、「人目しげう、むつかしうて」指示ができなかったので、最後の二重線部のごとく「ただ今、これよりすぐに行けよ」と小野行きを命じて、先ほどの②、小君が派遣されることになるわけです。

いかがでしょうか。火事と病の共通項が見えてこないでしょうか。『山路の露』における薫の浮舟向きの動きは、先ほどの①から④でした。浮舟のいる小野への移動、及び、浮舟との接触があるのは、②と③のみです。そのいずれも直前に病と火事が位置していることは注目に値します。〈参考4〉に「「喧騒」から「閑静」へ」と題してまとめましたが、③の「薫と浮舟の小野での再会」は、【資料A】、薫邸の火事ゆえに「騒ぎ満ち」、それが鎮まった「しめやか」な落ち着きの中で実現へと至り、②の「薫の小君派遣」は、【資料B】、薫の病ゆえ「いとどもの騒がし」く、それが鎮まった「のどやか」な落ち着きの中で実現へと至る。共通項は、大勢の見舞いなどによる薫のための喧騒と、それが収まった後の閑静、そしてそれに乗じた薫の行動、という一連の流れです。浮舟との接触がある薫の出立と薫の小君派遣は、「しめやか」、「のどやか」な、いずれも薫を巡る喧騒の後の閑静を利用して実現しているのです。火事も病も、当事者が重要人物であればあるほど、大勢がその終息に関わるでしょうし、見舞いにもやって来ましょう。当然、喧騒は大規模になります。だとすると、それらが終息した時、その大勢は一斉にその場から立ち去りますから、当然、喧騒は消え、閑静へと移行します。つまり、病ゆえに薫に集まった大勢の関心は、その回復を機に一斉に薫から離れますし、また、火事ゆえに薫邸に注がれた大勢の目は、その無事を機に一斉に薫邸から逸れるのです。大勢による大規模な喧騒であったぶん、その終息に伴い、必然的に大勢の注意が逸れる大規模な閑静が、当分の間、守られるわけです。

ここで思い出してください。あらすじのところで述べたとおり、そもそも『源氏物語』

当時も、薫は身分差を気にして浮舟を隠していました。また、『山路の露』では、浮舟は出家までしていて、薫との格差はさらに拡がっていました。当然、今や内大臣になろうかというエリートが、そのような女君と深い関係にあるというのは、どうあってもまずい。ばれると大スキャンダルなわけです。

このように考えてくると、『山路の露』の不自然な設定の意義が見えてきます。要するに、『山路の露』は、事件の渦中にある重要人物に対する人目の動きを利用し、人目に付かない条件を整えてから、浮舟への薫の行動を成立させるのです。そのような仕組みになっているということです。だからこそ、薫自身が浮舟のもとに出立し再会する③直前に、最も多くの人目を外し、より「大規模な閑静」を導くべく、火事という大規模な事件が設定されたと考えられるでしょう。なお、この考えが妥当だと思われる別の事例を、「傍証」として、レジュメ2ページ〈参考5〉に引用しておきました。適宜ご参照ください。『山路の露』が、薫と浮舟を、格差を超えてでも再会させたかった、ということが窺えますが、なぜそうなのか、ということも〈参考5〉の拙稿に述べておりますので、ご一読くだされば幸いです。

続きまして、「二 『源氏物語』の「不在」――なぜ夕霧太政大臣予言は実現しないのか?――」

に移ります。【資料C】をご覧ください。
『源氏物語』において、光源氏に下される予言が三つあります。桐壺巻、光源氏に帝王の人相があることを言うもの、若紫巻、光源氏に大きな逆境があることを言うもの、そして、澪標巻、光源氏の子どもたちの未来を言うもの、です。前の二つは問題なく当たっているので、ここでは、三つ目を引用しております。読みます。

宿曜に、「(ア)御子三人、(イ)帝、后かならず並びて生まれたまふべし。(ウ)中の劣りは、太政大臣にて位を極むべし」と勘へ申たりし事、さしてかなふなめり。

訳します。宿曜に、「光源氏の御子は三人で、帝と后が必ず二人ながら生まれなさるだろう。三人の中で劣った者は、太政大臣となって人臣最高位を極めるだろう」と占い申していたことが、ひとつひとつ実現するようである。
この予言では、傍線部(ア)、光源氏の子が三人であること、(イ)、ひとりが帝、ひとりが中宮になること、(ウ)、もうひとりが太政大臣になることが具体的に示されています。

しかし、この予言は、古来、問題とされてきました。（ア）は冷泉、夕霧、明石姫君、（イ）も冷泉の即位、明石姫君の立后で、確かに当たるのですが、（ウ）の夕霧の太政大臣就任のみが描かれずに物語が終わるからです。つまり、予言の実現が、一つだけ「不在」なのです。この不自然さについて、例えば、三条西公条の『明星抄』は、「但夕霧任相國の義、物語には不見ども、太政大臣と分別すべし」とします。書かれはしないが太政大臣にはなると理解せよ、ということでしょう。〈参考6〉に、『明星抄』に沿う見解として深澤氏と秋澤氏、また、逆に、そもそも予言の有効性を疑う見解として関根氏と土方氏の説を挙げました。適宜ご参照ください。ただ、《当たる説》は、それなら夕霧昇進を書くだけ書いてから終われば良かったではないか、との単純な疑問が残りますし、《当たらない説》も、夕霧以外は当たっているわけで、予言の意義自体を軽んじることは、やはりためらわれます。また、予言とは、当然ながら、未来のありかたを予告する、いわば予定調和的な言説であり、従って、物語展開を誘導するためのファクターでもあるはずです。それなのに、なぜ夕霧の太政大臣就任は描かれないのでしょうか。

【資料D】をご覧ください。夕霧は、匂宮巻で既に右大臣で、この時四十歳。竹河巻、左大臣就任が四十九歳。『源氏物語』ラスト、夢浮橋巻では五十四歳ということになります。

光源氏の太政大臣就任は三十三歳でした。実に二十年以上の差があるのですが、果たしてこれほどの差が付くものなのでしょうか。もちろん、夕霧が光源氏よりも圧倒的に能力不足というのなら分かるのです。しかし、2ページ最後の中黒ですが、「（夕霧は）むかしの（光源氏の）御けはひにも劣らず」、「なかくいにしへ（光源氏時代）よりもいまめかしきことはまさりてさへなむありける」。夕霧は、光源氏に劣らない人物、そして光源氏よりも今風の施策や処置に関しては優ってさえいる人物、なのです。

しかも、レジュメ3ページの［系図ⅱ］をご覧ください。左上に夕霧がいますが、この時夕霧は、点線で囲った部分ですが、今上帝とのコネクションを、娘の政略結婚を通じて固めています。ゴシックにしておきましたが、東宮に大君を、二宮に中君を、三宮である匂宮に六の君をそれぞれ参らせ、皇位継承の可能性がある宮君たちをことごとく押さえています。次の代、次の次の代、更にその先まで、いわゆる外戚として政権を握る狙いがあることは明らかです。後はそのうちのどこかに男宮が生まれるのを待つばかり。藤原道長も真っ青な、完璧な作戦です。

ところが、この完璧な夕霧の権力体制を揺さぶる力が存在します。［系図ⅱ］には右下に太線にしておきましたが、それは、宇治十帖の恋物語によって発生した匂宮の力です。［系図ⅱ」の左の、引用1から4の傍線部をご覧ください。1「（帝が）筋ことに思きこえ給へる」、訳すと、帝が匂宮をいずれ東宮にと思い申し上げなさっている、2「みかど、后のおぼしをきつるまゝにもおはしまさば、（宇治中君を）人より高きさまにこそなさめ」、帝と中宮がお思いになるとおり私匂宮を東宮にしなさったならば、宇治中君を他の女君よりも高い地位にしよう、3「（宇治中君が）例ならぬさまになやましくし給」、宇治中君が懐妊で苦しげになさる、4「おとこにて生まれ給へる」、男宮が生まれなさった…。〈参考7〉にも挙げたとおり、1で帝は匂宮をいずれは東宮にしようと考えており、2で匂宮はその際は「（宇治）中君を将来の中宮に」しようと考えています。今、3では宇治中君の懐妊、そして4ではそれが男宮であったことが言われていました。ということは、この男宮、「系図ⅱ」では若宮と書いておきましたが、この若宮は、匂宮即位の際の東宮候補なわけで、つまり、匂宮は、自らの即位の可能性、宇治中君の立后の可能性、そして若宮への皇位継承の可能性を、全て握った人物へと変化したのです。

現在、宇治中君の後ろ盾、後ろを見る、と書いて「うしろみ」とか「こうけん」とか言いますけれども、後見は薫なのですが、薫は、当然、宇治中君の産んだこの若宮の後見もするはずです。匂宮即位、宇治中君立后ということになれば、帝＝匂宮、中宮＝宇治中君、東宮＝宇治中君の若宮、後見＝薫、という権力体制ができあがります。対する夕霧としては、匂宮が即位する時、望ましい体制は、先ほど［系図ⅱ］の点線囲いのところで見た夕霧の狙いからすると、帝＝匂宮、中宮＝六の君、東宮＝六の君の男御子、後見＝夕霧あるいは夕霧の子ども、という権力体制のはずです。しかし、このままでは、この狙いは叶わなくなります。

つまり、匂宮たちが、夕霧の望む権力体制と真っ向から対立しはじめるのです。〈参考8〉に二つ先行研究を挙げましたが、例えば、橋本氏は、藤原兼家への、いわゆる「一座の宣旨」以降、太政大臣が、摂関と役割を分離しながら形骸化していく経緯を明らかにされ、また、田坂氏は、『源氏物語』内の太政大臣の多くが名誉職的存在で、実権は別の人物にある事実を明らかにされました。つまり、歴史的事実においても、物語内部の論理においても、この時、太政大臣は実権の薄い名誉職だった、と考えられます。そう言えば、かつて、太政大臣就任を断った光源氏も、自分が後見する斎宮女御が中宮になった途端、直ちに太政大臣になりました。要するに、太政大臣とは、権力体制が不安のないものとなって初めて就任しうるポストであり、従って、夕霧は、匂宮たちが対立しはじめた今の政局においては、間違っても太政大臣にはなれない、ということなのではないでしょうか。

そろそろ見えてきたようです。つまり、この予言は、「当たる」か「当たらない」かが問題ではないのです。物語の政治状況が、予言を当たらなくさせる。つまり、権力に関わる物語展開によって、結果、「当たらなくなってしまう」所に眼目があるのです。無論、物語の作り手がこのことを、予言が言われる澪標巻時点で想定していたかは分かりません。おそらく、あれほど具体的な予言なので、当初「当たる」ものとして書かれたのだろうとは思います。しかし、私が注意したいのは、その予言が、夕霧と匂宮たちの二つの権力体制によって、敢えなく解体されてしまう、というこの物語のありかたなのです。物語の未来を誘導するはずの予言が、宇治十帖のストーリーを進めるために解体される、という『源氏物語』の論理にこそ注目すべきだと思うのです。『源氏物語』は、物語終盤、何らかの理由で、夕霧と匂宮たちとが対立する構図を必要としました。つまり、この対立の構図の維持こそが、予言の持つ機能よりも優先される仕組みになっている、即ち、予定調和よりも政治的ダイナミズムが優先される仕組みになっている、ということなのです。その顕著な「しるし」、物語表面に現れたサインとして、この「不在」を理解すべきである、ということです。

なお、この仕組みと最も大きく関わるのが、実は先ほども出てきた浮舟という人物です。また、匂宮巻に、実はもう一つ夕霧の「不在」がありまして、それもこの仕組みと関わっています。レジュメ左端に、それらを論じた拙稿のタイトルを掲げてありますので、ご参照くだされば、と思います。

以上、ここまで『山路の露』と『源氏物語』を例に、物語内の「在」や「不在」に注目することで、作品分析が進展したり、問題点が解消したりする経緯について紹介してきました。いわば、研究方法・研究手順としての「在」と「不在」、その有効性について、一例が呈示できたのではないかと思っております。

なお、今回は、平安期・鎌倉期の物語を取り上げましたが、本日の方法は、他の時代の作品にも、当然、適用できましょうし、あるいは、語学系の研究におきましても、例えば、どこそこの方言はここにこんな音が入るのが普通なのに入らない、とか、逆に不自然にこんな音が入っている、とか、似たような観点を使うと思います。国語科教育なら、本日の方法で小説の読解の指導案を考えたり、現場でも、なぜここにこんなことが書いてあるのだろう、みたいな授業がありますけれども、逆に、なぜ書いていないのだろう、みたいな授業を組み立てるのもおもしろいかもしれません。図書館や書写の学問領域におきましても、私はよくは分からないのですけれども、少なくとも、様々な情報や作品などの実データを扱う以上、どの分野のどこには何と比べてこれがある、とか、どの時代のこれには何と比べてあれがない、とか、何らかの形で応用できるのでは、と思います。

現役の学生の皆さん、学問に興味のある卒業生の皆さんが、部分的にでも本日の内容を参考にしてくださり、おもしろい研究をしてくださることを期待しています。

但し、特に学生の皆さん、「不在」については、心して取り組むようにしてください。「ない」ことの説明は、「ある」ことの説明より遥かに難しいです。やり方につきましては、また授業で、ということにいたしましょう。

私のストップウォッチで、ちょうど今、三十分になりました。以上で終わります。ご清聴ありがとうございました。

ノートルダム清心女子大学日本語日本文学会　第24回大会　講演資料　二〇二一年六月十三日（日）

在と不在
—研究の〝芽〟の見つけ方—

日本語日本文学科　中井　賢一

○　はじめに

〈参考1〉
拙稿「「左右の」大臣考—テクストとの向き合い方—」（『国文研究』第61号　平成28年8月）
・在　＝物語上に、あらずもがなの展開が現象すること。
・不在＝物語上に、あってしかるべき展開が現象しないこと。

一　『山路の露』の「在」—なぜ薫邸は近火に遭うのか？—

［系図ⅰ］

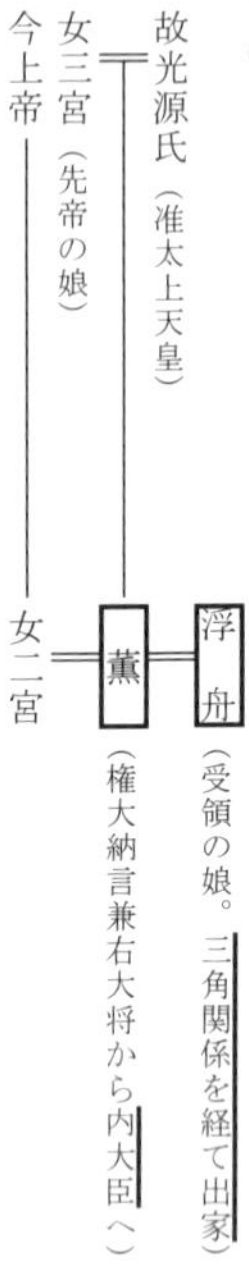

『源氏』以上に…
・拡大する格差
・憚られる関係

〈参考2：浮舟との再会を巡る薫の動き〉

①自身での浮舟往訪決定→②小君（浮舟の弟）派遣→③小野での再会→④浮舟母へ右近派遣

【資料A】（引用の『山路の露』本文と頁数は笠間書院『中世王朝物語全集』本による）
（小君が小野から）参り着きたれば、御門もみな鎖されにけり。（中略）人々の声あまたして、いみじう慌たたしげなるを、「何ごとならん」と思ふ程もなく、火燃え出でて、煙も満ちみちたり。（中略）「この殿（薫邸）近し」と聞きつけて、参り給ふ人々の馬・車の音しげう、騒ぎ満ちたり。（中略）いみじかりつれども、程なく燃えとまりて、世の中しづまりて、みなまかで散りなどして、名残なく、しめやかなるに、君（薫）は、明け行く空のをかしきに、渡殿に立ち出でて見給ふとて、かの童召し寄せたり。
（二七二～二七四頁）

〈参考3〉

横溝博氏「『山路の露』のアレゴリー――『二河白道図』からの発想――」（『中世王朝物語の新研究―物語の変容を考える』新典社　平成19年）など

【資料B】

大将の君、日ごろ少しわづらひ給ひけるを、（ア）母宮（女三宮）など思し騒ぎて、いとどもの騒がしかりけるまぎれに、かしこのこともおぼつかなくて日ごろになりぬ。（中略）ことなることなくておこたり給ひぬれど、（中略）いづくにも御ありきなどはし給はず。のどやかなる昼つ方、（中略）かのゆかりの童参れり。近く召し寄せて、「悩ましうしつる程は、（イ）人目しげう、むつかしうて。この行く方知らねば、いといぶせきにも、ただ今、これよりすぐに行けよ。…」

（二六七～二六八頁）

〈参考4：「喧騒《けんそう》」から「閑静《かんせい》」へ（「〈参考2〉」も参照）〉
【資料B】　【資料A】
↓　↓
①自身での浮舟往訪決定→②小君（浮舟の弟）派遣→③小野での再会→④浮舟母へ右近派遣

〈参考5：傍証として〉
拙稿「『山路の露』転換の論理―方法としての喧騒と決定者としての薫―」（「中古文学」第一〇四号　令和元年11月）
…なお、このことは、④浮舟母へ右近派遣の際、邸に主の常陸守が居合わせる（二八九頁）事実からも傍証される。右近を迎えた守は、薫や右近のための世辞を一通り「言ひ散らして」から座を「立つ」。すると、「ありつる人々も、とかく行き隠れなどして、少ししめやかになりぬる」と、守の傍らに控えていたとおぼしい人々も退くことになり、自ずと「しめやか」な閑静へと移行する（二九〇頁）。右近が、浮舟母に浮舟生存を告げ、薫の命令通りに「口固め」るのは、この直後だ（二九一頁）。人々が騒然と集い、その場から去った後の「しめやか」「のどやか」な閑静に事が動く仕組みとなっているのである。

二　『源氏物語』の「不在」―なぜ夕霧太政大臣予言は実現しないのか？―

【資料C】（引用の『源氏物語』本文と頁数は岩波書店『新大系』本による）
・宿曜に、「(ア)御子三人、(イ)帝、后かならず並びて生まれたまふべし。(ウ)中の劣りは、太政大臣にて位を極むべし」と勘へ申たりし事、さしてかなふなめり。
（澪標巻一〇〇～一〇一頁）
→(ア)＝冷泉・夕霧・明石姫君《当たる》　(イ)＝冷泉帝・明石中宮《当たる》
→(ウ)＝左大臣《？》

〈参考6〉
《予言は当たる》説
・但夕霧任相國（＝太政大臣）の義、物語には不見ども、太政大臣と分別すべし（『明星抄』）

深澤三千男氏「夕霧二題」(『源氏物語作中人物論集』勉誠社　平成5年)
「太政大臣たるべきことが保証されている」ので「六条院流源家の明るい未来を確保しつつ物語を終えようという意図」があるとされる。
秋澤亙氏「源氏物語の世人」(『源氏物語の准拠と諸相』おうふう　平成19年)
「作品の現実としては、夕霧は左大臣に終わるが、それは夢浮橋巻の擱筆に由来するだけの話で、その予言実現が頓挫したことを意味するものではない」とされる。

《予言は当たらない》説

関根賢司氏「遺言と予言　源氏物語を読む」(『源氏物語　言語／表現攷』おうふう　平成26年)
桐壺巻の高麗相人の観相について、「『帝王の上なき位』が、どうして准太政天皇と同義・等価であろうか」と疑義を呈された上で、「高麗の相人の観相などが語られた段階で、すべてが決定されていたり、構想されていたりするわけではな」いと言われる。
土方洋一氏「高麗の相人の予言を読む」(『源氏物語のテクスト生成論』笠間書院　平成12年)
「桐壺巻の予言が第一部の物語の大枠を決定し、物語が光源氏の栄華への階梯という既定の筋書きにそって一方的に展開してゆく、というような単純な理解は、おそらく成り立たない」と言われる。

【資料D】

・夕霧　＝右大臣・四十歳（匂宮巻）→左大臣・四十九歳（竹河巻）→五十四歳（夢浮橋巻）
光源氏＝太政大臣・三十三歳（少女巻）（内大臣在任四年で太政大臣昇進）
頭中将＝太政大臣・三十九歳（藤裏葉巻）（内大臣在任六年で太政大臣昇進）
・（夕霧は）むかしの（光源氏の）御けはひにも劣らず、すべて限りもなくいとなみ仕うまつり給。いかめしうなりたる御族なれば、なかなかいにしへ（光源氏時代）よりもいまめかしきことはまさりてさへなむありける。
（蜻蛉巻三一〇頁）

［系図ⅱ］

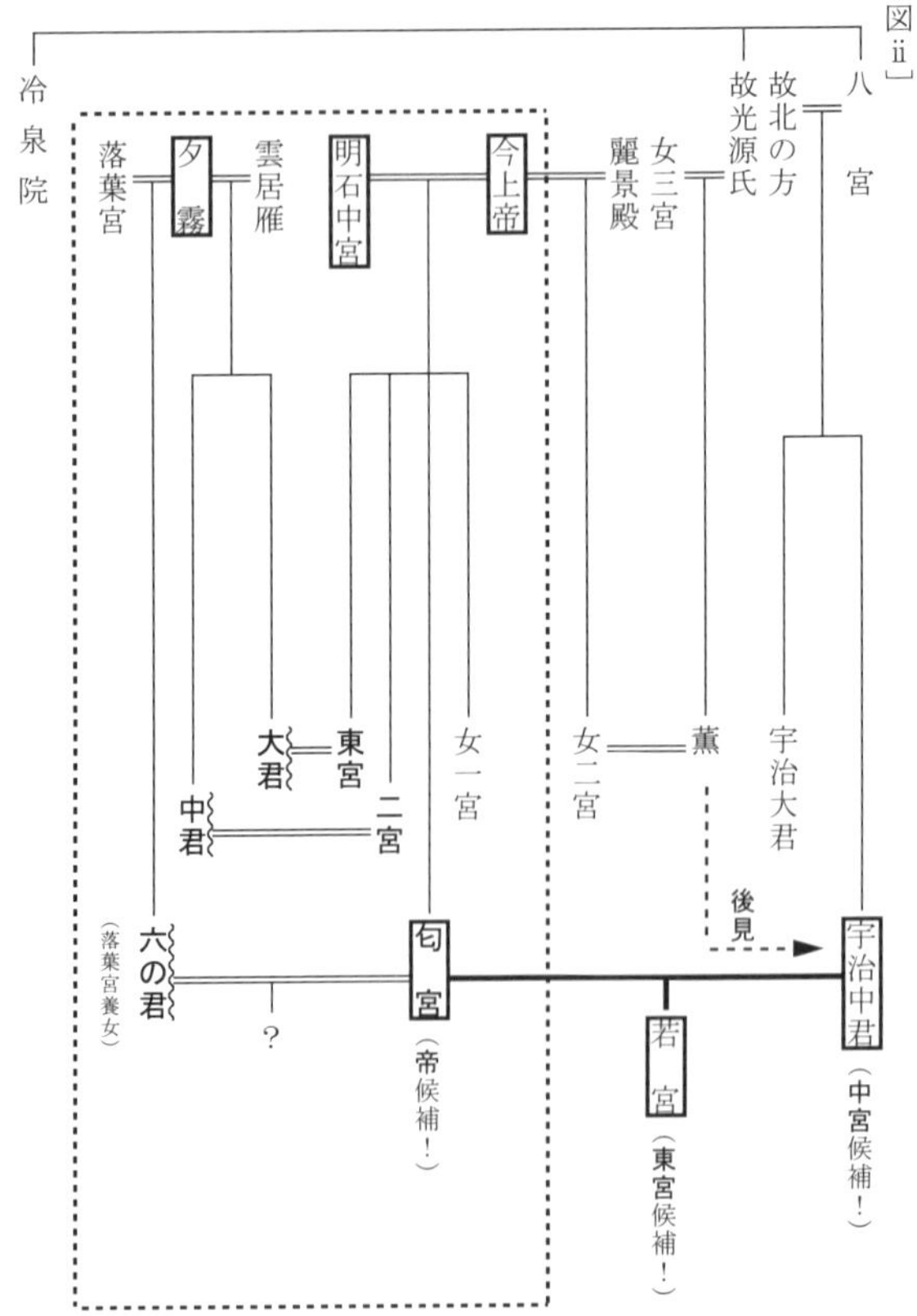

1

「御心につきておぼす人あらば、こゝにまいらせて、例ざまにのどやかにもてなし給へ。（帝が）筋ことに思きこえ給へるに、軽びたるやうに人の聞こゆべかめるも、いとなむく

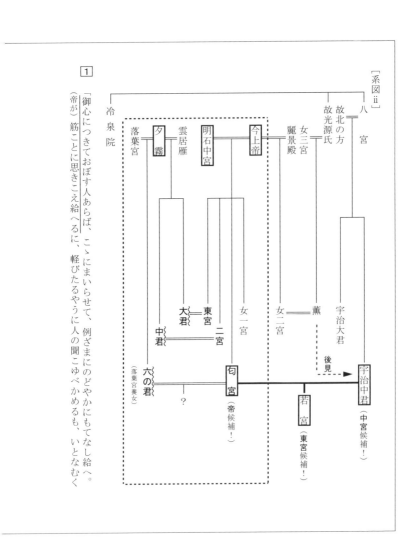

ちをしき」と、大宮（明石中宮）は明け暮れ（匂宮に）聞こえ給。（総角巻四四一頁）
2　（匂宮は宇治中君を）並くにはおぼされず、もし世中移りて、みかど、后のおぼしをきつるまゝにもおはしまさば、（宇治中君を）人より高きさまにこそなさめなど、…（総角巻四三二頁）
3　（匂宮は宇治中君と）語らひ契りつゝ、この世ならず長き事をのみぞ頼めきこえ給。さるは、此五月ばかりより、（宇治中君が）例ならぬさまになやましくし給…（宿木巻三六頁）
4　からうして、そのあか月、おとこにて生まれ給へるを、宮（匂宮）もいとかひありてうれしくおぼしたり。（宿木巻九九頁）

〈参考7：『新大系』本脚注〉
①について）「（帝が匂宮を）格別のご身分にと考えてあげていらっしゃるのに。匂宮の立坊を考えている」
②について）「中君を将来の中宮に」

〈参考8〉
橋本義彦氏「太政大臣沿革考」（『平安貴族』平凡社　昭和61年）、田坂憲二氏「冷泉朝下の光源氏―太政大臣と後宮の問題をめぐって―」（『源氏物語の政治と人間』慶應義塾大学出版会　平成29年）

三　まとめ

※詳細は…　〇「「左右の」大臣考―テクストとの向き合い方―」→データ提供可（メールにてご連絡ください）
一「『山路の露』転換の論理―方法としての喧騒と決定者としての薫―」→JSTAGEにてダウンロード可
二「夕霧〈太政大臣予言〉の論理」・「夕霧〈不在〉の論理」・「宇治十帖〈解体〉と〈閉塞〉の論理」（『物語展開と人物造型の論理』（新典社）所収）→本学図書館等

#3の初出：「在と不在―研究の〝芽〟の見つけ方―」（「清心語文」第二三号　二〇二一年一一月）

CHAPTER II 断想編

section #1
災害と文学と教育と

熊本地震を経験して以降、人々が困難を克服するための教材として、古典文学を活用することを考えている（注1）。文学が、様々な立場や環境にある人々の、多様な体験と思考を描き得ているのであってみれば、古典文学は、千年に亘るそれらを蓄積した最大規模のデータベースとも見做せよう。例えば、地震等の災害時、当時の人々がいかにあったか、その子細は、今後、同種の局面において私たちがいかにあるべきか、深く思索する材料にもなろう（注2）。

『大鏡』には、兼家の三条帝鍾愛のエピソードとして、「世の中に少しのことも出でき、雷も鳴り、地震もふる時は、（兼家は）まづ春宮（＝後の帝である三条）の御方にまゐらせたまひて、舅の殿ばら、それならぬ人々などを、「内（＝今の帝である一条）の御方へはまゐれ。この（春宮である三条の）御方には我さぶらはむ」とぞ仰せられける。（注3）」とある。異変や雷、地震等の際、兼家は、まず時の春宮（東宮）たる三条のもとに駆け付けるというのであるが、兼家が真っ先に駆け付ける先が、当代の帝一条でないことに注意したい。一条のもとには「舅の殿ばら、それならぬ人々など」を派遣し、自らは優先的に春宮三条に近侍している。既に位に就いた現役の帝ではなく、未だ位に就かざる帝候補、即ち、より不安定な地位にある未来の帝たる春宮を、兼家は、自らの手で優先的に守っていることになろう。無論、一条を優先せず三条を重んじる兼家のスタンスには、その政治的思惑が関わってもいよう（注4）。しかし、諸説の当否も含め、さような事情については、今は措く。少なくとも、物語上に現れているのが、災害時に、いわば、より立場の弱い者を自ら守る人間の姿であることは事実であり、また、そのことは、同様の事態に瀕した際の私たちのあり方を考える素材として、実に示唆的ではないか。自身ならいかにあるか、いかにあるべきか、学生たちにも考えさせたく思う。と同時に、私ならいかにあるか、いかにあるべきか、問い返さずにはいられないのである。

【熊本地震後の中井ゼミ室（学生用研究室）（撮影：中井）】

注
1　拙著『物語展開と人物造型の論理―源氏物語〈二層〉構造論―』（新典社　二〇一七年）の「おわりに」に少しく経緯を記した。
2　中井賢一・佐々優香・山本沙織「教材としての厄災―『竹取』・『うつほ』の事例を中心に―」（『文彩』第一七号　二〇二一年三月）を参照されたい。本文中に掲げる兼家のエピソードにも触れている。
3　小学館『新全集』本　二四七頁。以下、私に現代語訳を付しておく。「世間に何か少しでも変わったことが起こったり、雷が鳴ったり、地震が起こったりする時には、（兼家は）まず春宮（＝三条の御もとに参上なさって、外舅にあたるご子息や、それ以外の方々などには、「お前たちは帝（＝一条帝）の御もとに参上せよ。この春宮の御もとには私がそばにいよう」とおっしゃったことだ。」
4　倉本一宏氏『人物叢書一条天皇』（吉川弘文館　二〇〇三年）、同氏『三条天皇―心にもあらでうき世にながらへば―』（ミネルヴァ書房　二〇一〇年）、石原のり子氏「『大鏡』における兼家と三条天皇―もうひとつの系譜―」（「中古文学」第七六号　二〇〇五年一〇月）など。

section #2
○○○○は二度裏切る

「一度裏切った奴は何度でも裏切る」というのは、何の小説の台詞だったろうか。

なぜか先行研究ではあまり指摘されないのであるが、『源氏物語』、女三宮と浮舟には、同一人物を二度裏切る、という共通点がある。片や光源氏を、片や薫を。共に一度目は密通によって、二度目は出家によって。また、共に「一度目」の後、それでも関係を守るべく努める光源氏、薫に対し、恩を仇で返すかのごとき「二度目」に及ぶ。光源氏らの失望も憤怒も、当然至極であるが、ともかく、利己の念が際立つ女三宮と浮舟のこの重なり（注1）は非常に重要だと私は思う。なぜなら、女三宮について、それら裏切りのいずれかなりとも、後悔し改心する姿が見出し得ないのに対し、浮舟については、手習巻等、幾度も明確にそれが描かれるからである。無論、浮舟の後悔は、薫のみならず母中将君の期待にも背くゆえであろうが、いずれにせよ、浮舟が自らの軽挙を、薫への再評価と連動させる形で反省していることは動くまい。

古来、浮舟は救済されるか、との議論がある。各論を確認する余裕はないが、迷妄から平安へと進むであろう旨、即ち、救済の未来が期待される旨の御論が多いようである。私としては、浮舟の未来が描かれないことにこそ、『源氏』の全体構造に係る重要な意義を見出すのであるが（注2）、一般論として言うならば、研究者を含め、享受者が浮舟にさような未来を期待するのは、浮舟の人物像がさように期待させる造型となっているからであろうし、例えば、中世期、『山路の露』が、薫の人柄を再評価しつつ勤行する浮舟像を描き、また、『雲隠六帖』が、薫のもとに戻った浮舟像を描いている事実も、後世の『源氏』享受者が、夢浮橋巻では達し得なかった類の「平安」を浮舟の未来に認めたことを物語っていよう。何を以て救済と呼ぶか難しいものの、悔やむ浮舟に、何らかの救済は可能性としてある、と見るべきなのだろう。確かに、研究の視座を離れた感懐として、私も、浮舟は救済されてほしい、と思う。薫によって、との条件付きではあるけれども。

…だとすると、では、女三宮はどうなるのだろうか。女三宮の未来についてはどう考えれば良いのだろうか…。

私としては、裏切らない紫上を合わせ、『源氏』には、いわば、三立の構図があるように思われ、実に興味深いのである。

注
1　他にも、私的情動を優先することで、無自覚のうちに都の政治体制や秩序等、大きな組織を破壊する、という「重なり」も有する。拙著『物語展開と人物造型の論理―源氏物語〈二層〉構造論―』（新典社　二〇一七年）に一部言及している。
2　注1の拙著を参照されたい。

#1・#2の初出：「断想二題」（ノートルダム清心女子大学ホームページ「日文エッセイ」二一三　二〇二一年七月）

section #3
卑怯な女三宮

先の拙文「災害と文学と教育と」・「〇〇〇〇は二度裏切る」に対し、いくつも感想等をお寄せいただいた。予想外のことで、心より感謝申し上げたい。二題のうち、熊本地震に纏わる前者よりも、背信者に纏わる後者により多くのご意見をいただいたのは、拙文中に女三宮（『源氏物語』）への言及が少なかったからであろう。ここに少しく追記する。

周知の通り、女三宮は、光源氏の正妻であり、従って光源氏の政治権力基盤たる六条院の女方トップ、長とも代表者とも言うべき立場である。また、琴の当代第一人者光源氏の薫陶を受けた弟子であり、従ってその後継者たるべき立場でもある。かかる種々の立場を省みることなく、密通、出家と、共に私情を優先した「二度の裏切り」は、女三宮自身の信用を失う愚行であっただけでなく、光源氏にとって、正妻としての、六条院の女方代表者としての、弟子としての女三宮の世評を、いずれも保つべく後見し積み上げてきた数多の努力とその成果を踏みにじる、まさに背任行為であり、光源氏その人と六条院の権威・実績を侮辱し、ひいてはそれらが拠って立つ桐壺帝以来の理想的治世像をも貶める、取り返しのつかない破壊行為でもあった。自分のことしか考えず、自分が何をしでかしたのか、その影響の大きさすら理解し得ない女三宮に対し、光源氏の憤怒は当然である。

ただ、光源氏を真に憤らせたのは、「裏切り」それ自体よりも、特に出家に見られるその卑怯なやり口だったのではないか、と私は思う。

出家の実行（岩波『新大系』本　柏木巻　一六～一八頁）に際し、女三宮は、来訪中の朱雀院に、後見者光源氏を通すことなく、自ら泣訴する。それを朱雀院が認め、手ずから直ちに戒を授けることになったとあっては、光源氏としては、他の僧にならばともかく、上位者であり実兄でもある朱雀院に反抗してそれを阻止することは、まずもって不可能である。この場面、女三宮に呼応して動き出す朱雀院に、光源氏は密通のことも忘れるほど耐えがたい悲しさ・無念さを覚えたとあるが、密通以上に光源氏が耐えがたかったこと、それは、「裏切り」のために朱雀院という上位者が動いたこと、否、女三宮が「上位者」朱雀院を動かしたことではなかったか。そして、女三宮が「上位者」を盾に安全圏から光源氏の反論・反抗を封殺したことではなかったか。

そもそも女三宮は、密通の子薫に光源氏が冷淡なことを恨み、我が身が辛くし出家を思い立ったという（柏木巻　一三頁）。出家の動機は、密通についての反省の情でも光源氏への謝罪の念でもなく、自身の行為に無自覚な、被害者然とした他者批判と自己愛であった。意図的であろうがなかろうが、光源氏らやその組織を傷つけ窮地に追いやっておきながら、「上位者」の陰に逃げ込むことで保身を図り、謝罪するどころか非を光源氏に転嫁して良しとする女三宮には、極めて卑怯な利己の念を見通さざるを得まい（注）。

さて、以上を考え併せた上で、ふたたび問いたい。では、女三宮はどうなるのだろうか。女三宮の未来についてはどう考えれば良いのだろうか…。先の「〇〇〇は二度裏切る」にも触れた通り、物語上、女三宮には、「裏切り」を後悔し改心する、ということがない。また、さような女三宮像と、「悔やむ浮舟」像との対照性は、いかにも顕著である。だとすると、物語構造の観点からも、おそらく、浮舟のごとき「救済の可能性」は、女三宮の未来には開けはしまい。そう読まねばなるまい。筋を通さない女三宮。「卑怯」の代償…。女三宮が失ったものは、女三宮が破壊したもの同様、ただただ大きい、ということだ。

…しかし、それは、あくまで「物語上」は、である。私は、同時に必然として次の問も抱く。もし「物語上」ではなく、光源氏が実在したなら、女三宮が実在したなら、果たして女三宮の未来は変わるだろうか…。例えば、いつか、女三宮の後悔と改心があったなら…、光源氏への真摯な謝罪があったなら…。光源氏は全てを許すのではないか…。
しばし、女三宮の「救済」の未来、「平安」の未来を、想像してみるのである。

注

女三宮の出家には物怪の関与もある。しかし、本拙文、及び先の拙文「○○○○は二度裏切る」の通り、女三宮は出家以降にあっても、光源氏に謝罪することはおろか、自ら後悔し改心する、といったことも一切ない。やはり、さような人格・性向の人物と捉えねばならないだろう。

section #4
ヒキョーな夕顔

光源氏と夕顔の恋は、周知の通り、夕顔が扇に和歌を記して陋屋より光源氏に届けて寄越したことから始まる（注1）。
（光源氏が扇をご覧になると）もて馴らしたる移り香いと染み深うなつかしくて、おかしうすさみ書きたり。《★》
心あてにそれかとぞ見る白露の光添へたる夕顔の花
そこはかとなく書きまぎらはしたるもあてはかにゆへづきたれば、いと思ひのほかにおかしうおぼえ給（注2）。（岩波『新大系』本　夕顔巻　一〇三頁）
光源氏その人を名指しするかのごとき歌を、しかも、女君サイドから読みかけるという夕顔の行為は、頗る挑発的、且つ主導的で、多く先行研究に「遊女性」とすら評されるほど、その大胆さは異彩を放っていると言えよう。アバンチュールの相手として光源氏の目に映るのは、「極めて大胆な女君＝夕顔」というわけである。

ところが、さような夕顔像は、岩波『新大系』等、現行の活字テキストの夕顔像、即ち、いわゆる青表紙本『源氏物語』の夕顔像であり、例えば、河内本のそれは少々異なっている。上の夕顔巻の引用箇所、河内本の本文は、《★》部分に、「つまにちゐさくて」とあるのだ。これは、「端に小さくて」の意であり、つまり、夕顔の「心あてに」歌は、扇の端に、それも小さい文字で、書かれたものだったことになる。だとすると、かかる夕顔からは、大胆さとは逆の、控え目で、弱々しい印象も看取されてくる。即ち、河内本の夕顔は、女君サイドから歌を送りつけるような大胆さにも関わらず、同時に心細いような弱々しさをも垣間見せる人物なのである。光源氏の目に映るのは、「極めて大胆、しかし繊弱な女君＝夕顔」というわけだ。…してやられたり！これはヒキョーである。女君としての、強弱相反する性格、その、落差と言うべきか、振れ幅と言うべきか、「大胆」でありつつも「繊弱」でもある、押しつつも引く、何とも謎めいた二面性が、河内本の夕顔には際立っている。それらの不思議な同存・両立が、光源氏の心を惹き付けたことは想像に難くない。

思えば、光源氏自身、夕顔に執着する我が心がもの狂おしく不思議なほどで、なぜここまで思い煩うのか分からない、と当惑していたのであり、その際にも、夕顔の、若々しいにも関わらず恋を熟知した、その相反する様子を想起していた（夕顔巻　一一三頁）。

つまり、夕顔は、その「落差」、「振れ幅」を大きな武器に、光源氏の心を捉えるのである。そして、それは、河内本にあっては、夕顔の歌が光源氏に届けられた時から始まっていたのであり、厳密に言うならば、早く、夕顔が扇の「つまにちゐさく」記した、まさにその瞬間、既に仕掛けられていたのであった。

夕顔の不思議な二面性、その魅力が強調されることになる河内本の夕顔像。河内本の光源氏にとっては、やはり、何とも「ヒキョー」なのである。

【傍線部に「つまにちゐさくて」とある（影印は名古屋市蓬左文庫所蔵『尾州家河内本源氏物語』に拠る。影印本は八木書店）】

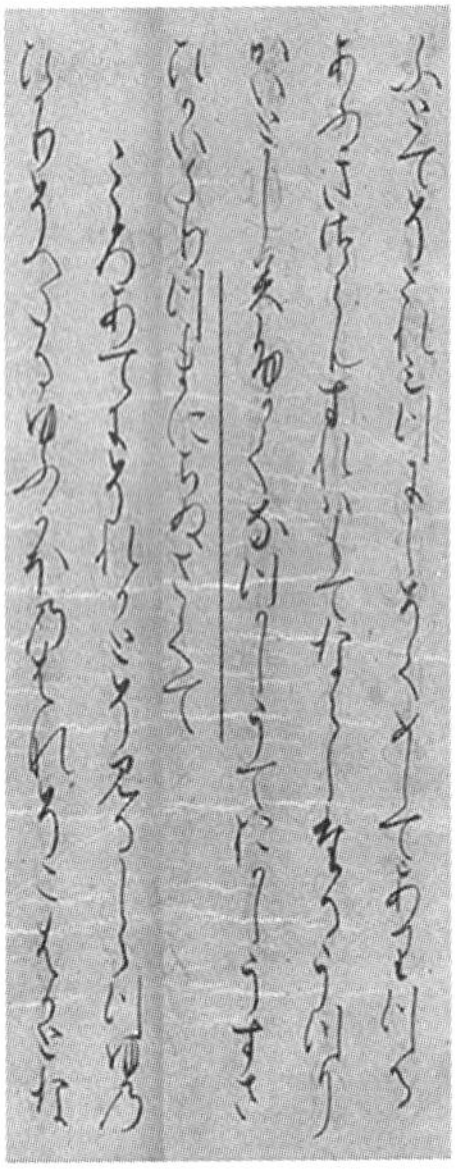

注
1　諸説あるが、夕顔は自身の扇に自作の歌を自筆で記した、と考えるべきであろう。
2　現代語訳「（光源氏が扇をご覧になると）使い慣らした人の移り香がたいそう深く染み込んで心惹かれて、趣深く和歌がすさび書きされている。――当て推量ながら光源氏様かとお見受けします。白露の光を加えて一層光り輝く夕顔の花のような夕方の顔のあなた様を。―　はっきりとではなく書き紛らわしてある筆跡も優美で品格があるので、たいそう意外なことに素晴らしいと思われなさる。」

#3・#4の初出：「断想二題ふたたび」（ノートルダム清心女子大学ホームページ「日文エッセイ」二一九　二〇二二年一月）

section #5

「卑怯な女三宮」ふたたび

カトリック大学で、何度も「裏切り者」を取り上げるのは、気が引けるのであるが、今回も女三宮（『源氏物語』）から始めたい。ありがたいことに、先の拙文「卑怯な女三宮」・「ヒキョーな夕顔」にもご感想をいただいた。感謝申し上げたい。二題いずれも、概ねご賛同いただけたようで、胸をなで下ろしている所であるが、一題目「卑怯な女三宮」については、今少し補足しておこうと思う。

女三宮は、密通後、「御心の鬼」に苛まれ（岩波『新大系』本　若菜下巻　三七九頁）、また、密通を「わが御をこたり」と振り返る（若菜下巻　三八七頁）という。我々読者としては、これらを契機に、女三宮が、自らの非を認めて変容していくのではないか、浮舟のごとき「後悔し改心する」未来へと歩み出すのではないか、と期待したくもなるのであるが、いかんせん、事はそう簡単には運ばない。以下、柏木死去直前の、いわゆる「煙くらべ」の贈答を引用する。いずれも傍線部分は和歌、それ以外は手紙本文である。

［柏木］
いまはとて燃えむ煙もむすぼほれ絶えぬ思ひのなをや残らむ
あはれとだにのたまはせよ。心のどめて、人やりならぬ闇に迷はむ道の光にもし侍らん。（柏木巻　六頁）

（訳）
今は限りと私の遺骸を焼く火が燃えるその煙もくすぶって尽きない。そのように尽きることのない、私のあなたへの思いの火がずっとこの世に残るのだろうか。
せめて「あはれ」とだけでもおっしゃってください。心を静めて、その言葉を自ら死の闇に迷い込むその道明かりといたしましょう。

［女三宮］
心ぐるしう聞きながら、いかでかは。たゞ推しはかり。「残らん」とあるは、
立ち添ひて消えやしなましうきことを思ひみだるゝ煙くらべに
をくるべうやは。（柏木巻　九頁）

（訳）胸が詰まる思いで聞きつつも、どうしてお見舞いを差し上げられましょうか。ただただご推察ください。あなたの和歌の、私への思いが「この世に残るのだろう」とのお言葉には、
私も一緒に添って立ちのぼり消えてしまおうか。辛いことを思い乱れる思いの火の煙の激しさを比べるために。
あなたに遅れはとりません。

瀕死の柏木という状況もあろう。子を成した縁も頭をよぎったに違いない。しかし、それらを差し引いたにせよ、これが自らの非を認めた者の返答であろうか。否、心中（しんじゅう）をも想起させる相思相愛、立場を弁えぬ、いわば、満額回答以上の増額回答ではないか。到底、女三宮が「後悔し改心する」類の人物像たり得ないことは明白である。
顧みれば、先述の、「御心の鬼」に苦しみ、「御をこたり」を思う場面も、それらの前後には、「院（＝光源氏）をいみじくをぢ（＝怖ぢ）きこえ給へる（女三宮の）御心」（若菜下巻　三七七頁）、「院（＝朱雀）も聞こしめしつけて、（私女三宮のことを）いかにおぼしめさむ」（若菜下巻　三八七頁）とあった。要するに、女三宮が苦しむのは、我が身への、

夫光源氏の怒りを恐れ、父朱雀の失望を案じるゆえであって、決して「破壊」されたものを思って自らを責めるゆえではないのである。どこまでも利己的、畢竟、女三宮は、その程度なのだ。

一般論ではあるが、「後悔」も「改心」も、己が非の自覚の後にしか芽吹き得ないものであろう。だとすると、女三宮にとって、それらは、「背任」・「破壊」・「卑怯」の自覚の後にしか成り立ち得ない。

繰り返す。女三宮に浮舟のような「救済の可能性」はない。女三宮は、「後悔し改心する」ことがない。その前提としての「己が非の自覚」がない。浮舟と対を成すゆえんである。

しかし、だ。「己が非の自覚がない」、ということは、つまり、自分が正しいと思っている、ということ…。だとすると、女三宮にとっては、ある意味、最も幸せなのではないか。もしかすると、これこそが女三宮の「救済」なのか…。…まあ、いずれにせよ、所詮、「その程度」なのだけれども。

section #6
『光源氏物語抄』の分からなさ

『源氏物語』の注釈書、『光源氏物語抄』に注目したい。鎌倉中期成立とおぼしき本書は、現存の『源氏』注釈書では、かなり早期のもので、完本は、ノートルダム清心女子大学附属図書館蔵の黒川文庫本しか存在しない。これも先の「ヒキョーな夕顔」にて、河内本の夕顔像を取り上げたが、本書が依拠する『源氏』本文も河内本系であり、同じく河内本に依拠する『紫明抄』ともども、鎌倉期の河内方『源氏』学の様相を伝えている。『源氏』本文を、基本的に「(…本文…)と云事」の形で引用し(注1)、その後に注釈が付されるスタイルを採るが、先行研究に指摘の通り、その注釈は、『紫明抄』や『河海抄』にも取り込まれており、『源氏』注釈史上の影響力という点でも、本書の資料的価値は極めて高いと言える。

さて、それはそうなのだが、いざその注釈の内容――スタンスと言うべきか――に目を転じると、急によく分からなくなるのである。

先行研究に言われるように、確かに、出典の注記は詳細であるし、多く引用元資料の転載も忠実になされている。チェック済みの合点らしきものも随所に見られるし、『源氏』本文の記述順・展開順に沿うよう注釈の記載順を改めるマークもある（画像参照）。所々には、レイアウトを統一するごとく書き出しの高さを揃えるマークまで見られる。諸注釈書の校本作成にかかる草稿本、との見立てもある通り、なるほど、次なる清書に向けて正確を期せんとする、一種、綿密なスタンスは、確かに看取されはするのだ。

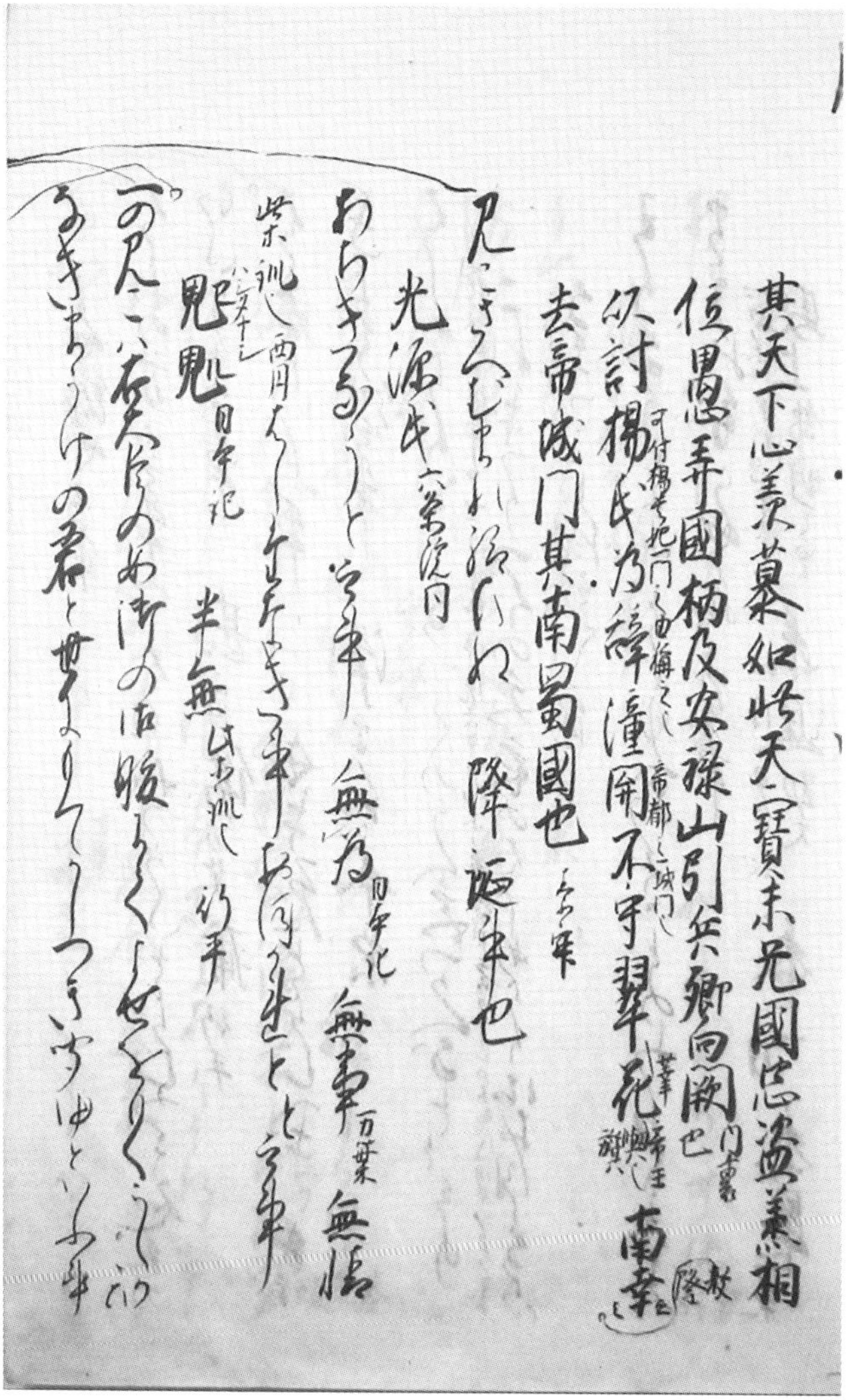
其天下心美莫如此天宝末兄国忠盗兼相
位愚弄国柄及安禄山引兵郷向闕也
以討楊氏為辞潼関不守翠華南幸
去帝城門其南蜀国也

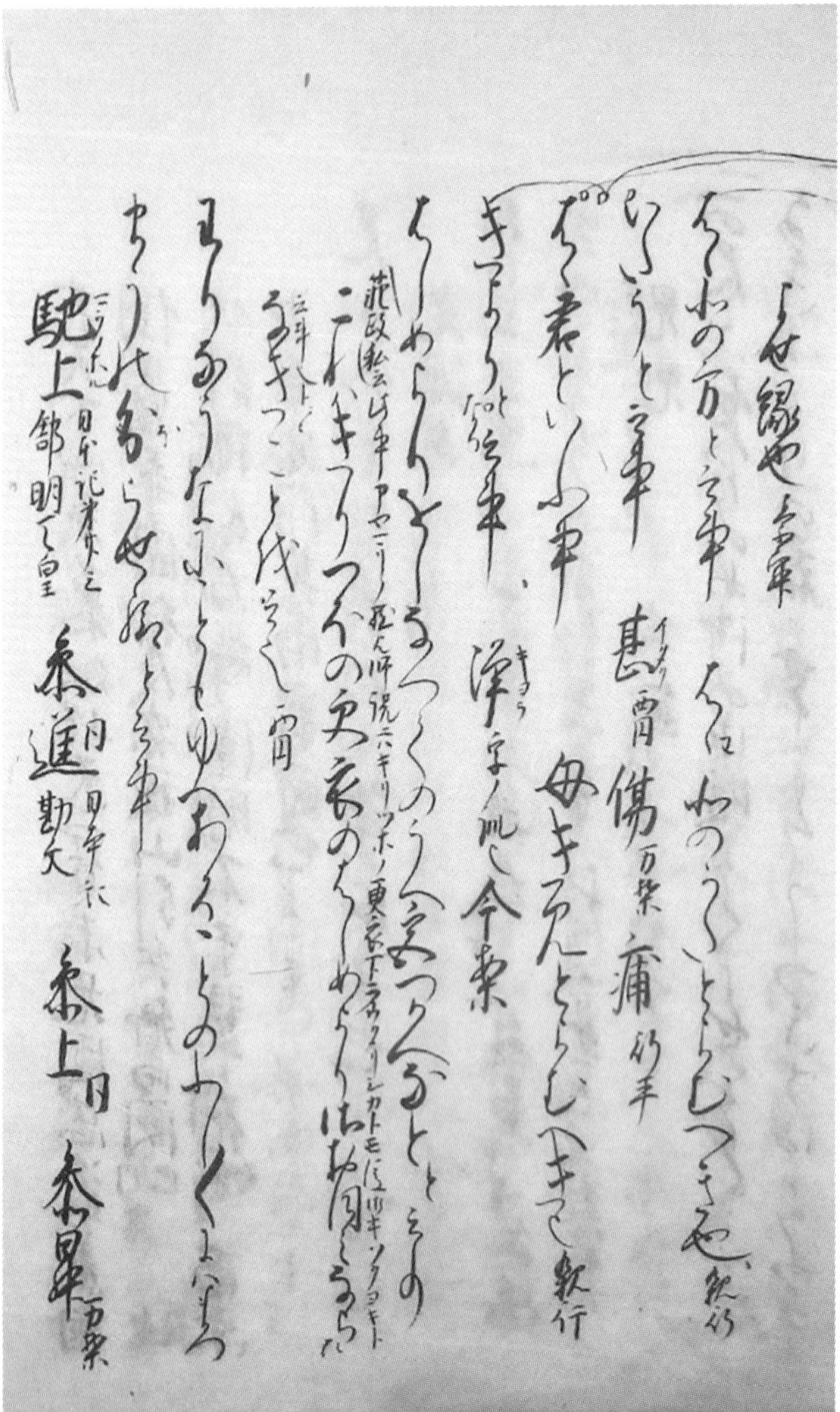

【黒川文庫本『光源氏物語抄（請求記号：E―一五）』（第一帖）六丁表（右側）と六丁裏（左側）】

ところが、一方で、これも言われるように、和歌の出典の誤りがあるし、注釈の脱文もある。誤字も多いし、黒川文庫本第一帖には書き止しのページがそのまま綴られてもいる。他にも、肝心の本文引用でも、例えば、桐壺巻、桐壺更衣の死を母が嘆く場面、「むなしき（桐壺更衣の）御殻を（母が）見る見る、猶（桐壺更衣が）おはするものと思ふがいとかなしければ」と河内本にはある所（注2）、「見る見る」が欠落している。あるいは、桐壺更衣の死後、三歳の光源氏が宮中から退出する場面の注釈、『法曹至要抄』の「無服殤假事」（注3）が引かれるが、「殤」の字が馬偏であったり、「義解」を「義経」、「一日」を「百」等と誤記したりしているし、そもそも假寧令の当該箇所は、縁者の死に際した官人の、いわば、忌引規定の一部で、「無服殤假」は、七歳以下の子が亡くなった場合のそれである。どうも大きな誤解があるらしく、この場面の注釈としては、意味を成さないと言わざるを得まい。「綿密」とは対極の、なんとも「杜撰」なスタンスも、同時に本書には見え隠れするのである。

さて、実はここからが本題だ。『源氏』では、前述「光源氏が宮中から退出する場面」の後、①親子の離別を哀れむ地の文が続き、②桐壺更衣の母が葬送の車に乗り込む場面へと至る。本書にも、①②の注釈が、例の如く、本文を「…と云事」の形で引用した後に付されるのであるが、なぜか①と②の間に、「三歳にてはゝ（＝母）にをくれ（＝遅れ）給ふ　と云事」

との項目と、その注釈があるのだ。しかし、この「三歳にて…給ふ」の一文、河内本『源氏』には、存在しないのである（注4）。

だとすると、単純に考えるならば、現存河内本以外にも河内本系『源氏』がかつて有り、そこには「三歳にて…」の一文が存在した、そして、その本文に基づき本書は成った、ということになる。河内本系『源氏』に、知られるそれらとは異なる本文の写本が存在し、その様態をも伝える資料として『光源氏物語抄』はある、ということになるのだが…。

果たしてどう考えれば良いだろう。「綿密」ゆえに確かに正しく引用されたと考えてそれを信じるか、「杜撰」ゆえに何らかの誤写等があったと考えて信じないか。

あるいは、「…と云事」との形を採ってはいるが、そもそも本文の引用ではないと見るべきか。そう言えば、「ふちつほ（＝藤壺）をかゝやく（＝輝く）ひ（＝日）の宮　と云事」などという、本文そのままの引用とは考えにくい「…と云事」のパターンもあった。いや、しかし、ここの「三歳にて…」の場合は、「をくれ給ふ」と光源氏への敬語も付されていて、いかにも物語本文そのままのような書き方ではないか…。

他にも、本書が「取り込まれて」いる『紫明抄』を見ても、「問題の一文」を、本書同様に注釈項目として取り上げる伝本があるかと思えば、立項すらしない伝本もある（注5）…。

どう考えれば良いのだろう。…やはり、よく分からないのである。

注
1　他にも「(…A…)の事」、「(…B…)事」などの形で、ABに語句や名称、場面の要約等を掲げる場合もある。
2　『河内本源氏物語校異集成』(風間書房)に拠る。拙文中の「見る見る」を有する本文は、『尾州家河内本源氏物語』(八木書店)に拠り、仮名に漢字を当てる等、適宜、表記を改めた。
3　『法曹至要抄』は、平安末期〜鎌倉初期成立の法律書である。「無服の殤(しょう)」とは、『律令』假寧令(けにょうりょう。官人の休暇に関する諸規定。)においては生後三ヶ月〜七歳での死の謂で、親はそのための服喪を要しなかったとされる。
4　注2、『河内本源氏物語校異集成』に拠る。なお、『源氏物語大成校異篇』(中央公論社)に拠る限り、青表紙系諸本にも、このような一文は存在しない。
5　例えば、前者は京大本(『紫明抄・河海抄』(角川書店)等)、後者は東大本(『源氏物語古注集成一八紫明抄』(おうふう)等)などが挙げられる。なお、後者では、桐壺更衣の死を言う「夜中うち過ぐる程になん絶え果て給ひぬ(本本文も、注2同様『尾州家河内本源氏物語』に拠り、一部、表記を改めた。)」との注釈項目(見出し)があり、その釈文の一つとして「問題の一文」が掲げられている。

#5・#6の初出：「断想二題（その3）」（ノートルダム清心女子大学ホームページ「日文エッセイ」二三九　二〇二三年一一月）

section #7
マメタロウノ恋ノウタ

ノートルダム清心女子大学附属図書館特殊文庫蔵の稀書『豆太郎物語』を取り上げる。

同書の書誌、中盤までの概要・登場人物・本文、等については、「『豆太郎物語』翻刻（上）」（『清心語文』第二四号　二〇二二年一一月）、及び「マメタロウの大冒険、あるいは『古典』引用のカオス―『豆太郎物語』の世界―」（後掲［附載］）を参照されたい。


物語中盤、未だ体躯に成長も見られぬまま、夕日の長者の娘、常世の君への恋煩いに沈む日々を過ごすマメタロウを慰めるべく、その胸の内を知る由もない家人らが歌合を催す。

文字通り、「歌合」と題されたこの章、「神無月半ば、時雨の空の降りみ降らずみ、晴れ遣らぬ心の徒然に、「歌合して太郎が心慰めん」…」との起筆が、『後撰』歌「神な月降りみ降らずみ定（さだめ）なき時雨ぞ冬の始（はじめ）なりける」（岩波『新大系』本　一三一頁）

を直ちに想起させ、ここにも「カオス」の一端が窺えるのであるが、さて、その「歌合」は、判者を広沢から迎え、「寄山恋（山に寄する恋）」との兼題（注1）の下、いわゆる難陳歌合（注2）の形で行われる。

豆太郎、左、君（＝常世の君）が傍離れぬ綾子といふ女は右と番（つが）ひし。二首の歌に、

左勝　　豆太郎
消え遣らで富士の煙に立ち添ひぬ下に焦がるる海人（あま）の焚く火も
右　　綾子
思草積もり積もりて塵泥（ちりひぢ）の山よりもなほ深き心に

マメタロウを慰める、というそもそもの目的もあり、見ての通り、左方の「勝」で落ち着くのであるが、本「歌合」、判に先立つ左右の「難陳」もなかなかに興味深い。まず、右方が左方に「富士山の煙が中核となる歌なら『寄山恋』ではなく『寄煙恋』になる」と批判（＝論難）し、それに対して左方は「後京極殿（藤原（九条）良経）に『寄山恋』の題で『消え難き下の思ひは無きものを富士も浅間も煙立てども』との類歌がある」と証歌（注

3）を示しつつ反論（＝陳弁）する。続けて、左方が右方に「『山よりもなほ深き心』という比況は却って浅く感じられる」と責め、それに対して右方は言い返すことができない…。いずれも、なるほどと思わされる指摘であり、また、それらをも総合した判者の判詞も的を射たものと肯われるのであるが、詳細は、別稿（『豆太郎物語』翻刻（下）」（『清心語文』第二五号　二〇二三年一二月））に譲る。
それにしてもマメタロウ、本「歌合」の良経歌といい、初めて長者の家人らと出会う際の寂蓮歌（［附載］参照）といい、かなりの知性の持ち主らしい。さて、さような才知は、マメタロウのその後の運命にいかに関わってくるだろうか。併せ、別稿に譲ろう。

【『豆太郎物語』（黒川文庫資料記号：H—六二）挿絵（二四丁ウ）】

注
1　歌合に際して、予め与えられた歌題。
2　勝敗判定の前に、左方・右方が双方の善し悪しを議論し合う形式の歌合。
3　主に伝統性の主張のため、根拠として用いる歌。なお、良経歌の引用は『新編私家集大成 CD-ROM版』の「秋篠月清集」に拠り、適宜、用字を改めた。

〔附載〕 マメタロウの大冒険、あるいは『古典』引用のカオス──『豆太郎物語』の世界──

ノートルダム清心女子大学附属図書館の特殊文庫には、未だ世に出ていない貴重な作品も多く眠っています。今回は、そのうちの一つ、稀少物語、『豆太郎物語』（黒川文庫〔請求記号：H―六二〕）について紹介します。

『豆太郎物語』は、江戸中期成立とおぼしい、見開き換算で四六ページ（墨付ページのみ）、縦二〇．二センチメートル×横一三．三センチメートル、全一冊の写本（手書き本）です。異文の類書（香川大学蔵本）が存在するものの、他に写本等も無く、文字通りの稀少物語と言えるでしょう。なお、それゆえなのか、あるいは別の理由ゆえなのか、黒川文庫本の表紙に朱書で「珎本」（＝「珍本」）とあり、黒川真道らが、本書を稀書として扱っていたことが知られます（画像A参照）。

【画像A】

物語は、いわゆる「小さ子譚（たん）」の話型（＝物語展開のパターン）に則って進んでいきます。「小さ子譚」とは、「不思議な出生をした小さい子が、何らかの機を得て成長し、活躍したり成功したり賞賛されたりする」という、例えば、神話や作り物語などに見られる典型的な展開パターンのことです。『竹取物語』のかぐや姫や『一寸法師』の一寸法師などをイメージすると分かりやすいと思います。

…ある時、子のない夫婦が五条天神に願を掛け、男児を授かる。五条天神がスクナビコナノミコト（『記紀』の小さい神）を祀るゆえか、生まれた男児は豆サイズで、その容姿からマメタロウと名づけられる。二十歳になっても小さいままのマメタロウは、スクナビコナを責めるべく、スクナビコナのいる常世（とこよ）の国へと旅立つが、偶然と誤解が重なり、とある長者の姫君、常世の君に仕えることとなる。やがて恋煩いに苦しみはじめたマメタロウは、一計を案じ、常世の君を盗み出して、山中を逃亡する。すべて計画通りに運んでいたはずだったが、そこで得体の知れないモノと遭遇し、まさかの事件に巻き込まれていく。…

もちろん、上記「話型」ゆえ、マメタロウは、大きくもなりますし、無事、夫婦のもとに帰りもします。しかし、その経緯については、なるほど、『一寸法師』等の類話に比して、確かに「珍しい」と思います。そう来るか、マメタロウ…。全貌は、今しばらくお待ちください。

さて、『豆太郎物語』のあらすじ（最終盤を除く）については、上に述べた通りなのですが、ストーリーの途上、実に様々な『古典』作品の引用が成されることは、その特徴として、見逃してはならないでしょう。

例えば、「五条天神」の縁起と効験について夫が妻に説明するところ、

この天神（＝五条天神）と申し奉るは、少彦名命（すくなびこなのみこと）と申す。即ち、天つ御神高皇産霊尊の御子なり。この神の御貌、いと小さくて、鷦鷯の羽を御衣とし、白蘞草の皮を舟に作り、わたつ海の上に浮かみ現れ坐しぬ。大己貴命、即ち、この神と力を合はせ、御心を一つにして、天下を作り、また、現しき青人草、及び、獣のため、その病を治むる様を定め、また、鳥獣、昆虫の禍を払はんため、その呪なひ止むる法を定め坐します故に、今の世まで大御宝、悉くその恵みを被れり。

との長台詞は、『日本書紀』巻第一の、
「一箇の小男（＝少彦名命）有りて、白蘞の皮を以て舟に為（つく）り、鷦鷯の羽を以て衣にして、潮水の随に浮き到る。」、「夫（か）の大己貴命と、少彦名命と、力を戮（あは）せ心を一（ひとつ）にして、天下を経営（つく）る。復顕見蒼生（またうつしきあをひとくさ）及び畜産（けもの）の為（ため）は、其の病を療（をさ）むる方（みち）を定む。又、鳥獣・昆虫の災異（わざはひ）を攘（はら）はむが為は、其の禁厭（まじなひや）むる法を定む。是を以て、百姓（おほみたから）、今に至るまでに、咸（ことごとく）に恩頼を蒙（かがふ）れり。」（本文・訓み下しは『岩波文庫』本「一箇の…」一〇六頁、「夫の…」一〇二頁）
を、ほぼ同じ形で引いています。
また、例えば、「常世の君」の人となりについて説明するところ、
娘を常世の君とぞ言ひける。世に並びなき姿にて、心様もいと貴なり。（中略）①春は

花園の霞をあはれみ、秋は草葉の露をかなしむ。折に触れては、②強からぬ言の葉の流れに心をなん寄せける。これを聞く人、懸想せぬは無し。

との叙述は、『古今集』仮名序の、
①「花をめで、鳥をうらやみ、霞をあはれび、露をかなしぶ心・言葉多く、さまざまになりにける。」、②「小野小町は、古の衣通姫（そとほりひめ）の流なり。あはれなるやうにて、つよからず。いはば、よき女のなやめるところあるに似たり。つよからぬは女の歌なればなるべし。」（小学館『新全集』本 ①一八～一九頁、②二七～二八頁）
が念頭にあることは疑いなく、またそれによって、「常世の君」が「小野小町」のような歌才と美貌の人物像であることも暗示されています。

あるいは、捕らえられそうになったマメタロウが身の安全を図るべく想起するのは、

牛の子に　踏まるな庭の　蝸牛（かたつむり）　角あればとて　身をば頼みそ

との寂蓮（『新古今集』撰者のひとり）の古歌でした。

他にもあるのですが、最後にもう一例だけ挙げておきます。「常世の君」を盗み出すところ、もはやここは説明するまでもないかもしれません。『伊勢物語』の、いわゆる芥川章段に設定がそっくりです。なお、本文はもちろんなのですが、実は、ここは「挿絵」も注目ポイントです（画像B参照）。

【画像B】

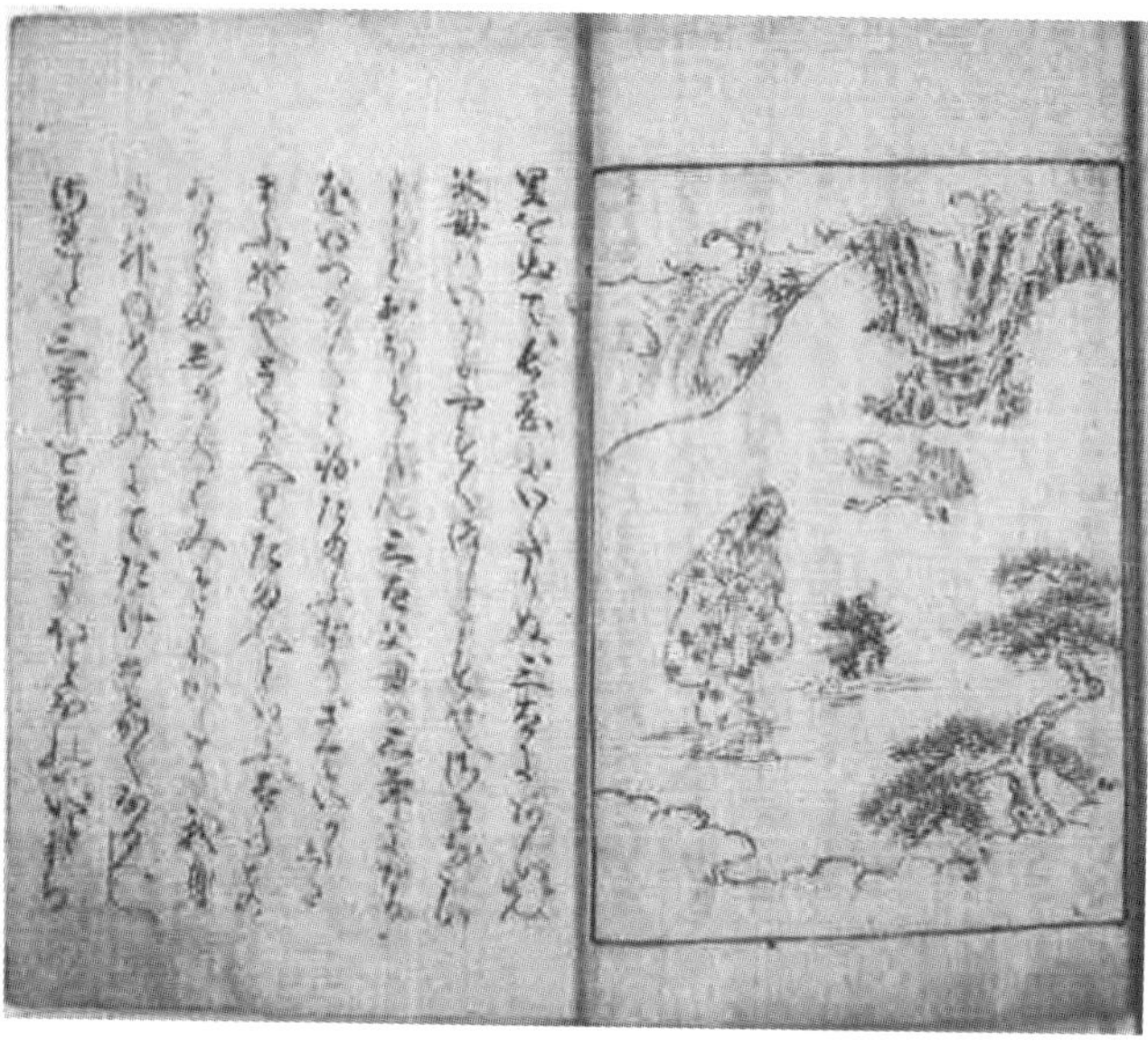

『伊勢物語』芥川、例えば、高校古文の教科書で見た『伊勢物語絵巻』（鎌倉期以降成立）などの場面絵に、ちょっと似ていませんか？　無論、「芥川」も描かれてはいませんし、マメタロウも「常世の君」を背負ってはいませんけれど。ちなみに、『豆太郎物語』のラスト近く、『源氏物語』や『伊勢物語』がしっかりと出てきます。
しかし、それにしても、一体どれだけの『古典』が、また、何のためにこれほど引用されねばならなかったのでしょうか？　同趣向の他作品とも併せ、これからの検証課題と言えるでしょう。

『豆太郎物語』についての詳細は、拙稿「『豆太郎物語』（ノートルダム清心女子大学黒川文庫蔵）翻刻（上）」（『清心語文』第二四号　二〇二二年一一月）をご一読ください。
同拙稿「（下）」（『清心語文』第二五号　二〇二三年一一月）も併せご覧いただけますと幸いです。

［附載］の初出：「マメタロウの大冒険、あるいは『古典』引用のカオス―『豆太郎物語』の世界―」（ノートルダム清心女子大学ホームページ「《特殊文庫の魅力》（第八回）」二〇二三年一月）

section #8
俊成ノ「源氏見ざる歌詠み」ノ判

マメタロウは「歌合」にて良経歌を引いたが、〝藤原（九条）良経〟、〝歌合〟と来れば、自然、『六百番歌合』が連想されてこよう。判者、藤原俊成の「源氏見ざる歌詠みは遺恨ノ事也」（以下、『六百番歌合』の引用は岩波『新大系』本に拠る）との苦言で有名な難陳歌合である。

六百番歌合冬上
　十三番　枯野
　　左勝　　女房
見し秋を何に残さん草の原ひとつに変る野辺のけしきに
　　右　　　隆信朝臣
霜枯の野辺のあはれを見ぬ人や秋の色には心とめけむ（一八六〜一八七頁）

くだんの苦言は、「枯野」題を巡る判詞の一部として示される。左方の女房歌（注）に対し、右方が「草の原」、聞きよからず」と、墓所が想像されるゆえか、論難するのであるが、かかる右方の批判に対し、判者、俊成は、『源氏物語』花宴巻「うき身世にやがて消えなば尋ねても草の原をば問はじとや思ふ」（新潮『集成』本　五三頁）との朧月夜歌を証歌に、「歌を詠む者は『源氏』を熟知しておけ！」と叱責する…、という次第（一八七頁）なのであるが…。

私には、どうにも腑に落ちない。果たして、隆信を始め右の方人たちは、俊成に納得したのであろうか。「『源氏』を熟知しておけ」との命に対して、ではない。私も、歌人に限らず全ての人々に『源氏』は二読三読されるべきと思う。そうではなく、『源氏』の熟知を迫る俊成のロジックに対して、である。「源氏見ざる歌詠みは…」の直前、俊成は「紫式部、歌詠みの程よりも物書く筆は殊勝也。其ノ上、花の宴の巻は、殊に艶なる物也。」と述べている。引っ掛かるのは前半部、文脈上、「紫式部は歌を詠むことよりも物語を書く力が優れている」と説いていよう所、紫式部の作歌能力への賛辞とは受け止め難いことだ。無論、その作歌を、俊成が全く評価していなかったわけはなかろうし、あるいは、和歌の専門家としての自負ゆえ、容易に礼賛もしないのであろうが、何にせよ、ここの言辞が、紫式部の作歌の賞賛を主眼とするものになっていないことは動かない。「紫式部は作歌が優れている。だから、歌を詠む者は『源氏』を熟知しておけ」と言うのなら分かるのだ。しかし、「紫式部は作歌よりも作話が優れている」と言った同じ口で、優れていない方の、紫式部作の朧月夜「うき身世に…」歌をもとに、「それを知らないとは、歌を詠む者として『遺恨』だ！」と言われても…。兎にも角にも、右の方人たちの胸中を思わずにはいられないのである。

注

実際は良経の作歌。

#7・#8の初出：「断想二題（その4）」（ノートルダム清心女子大学ホームページ「日文エッセイ」二三九 二〇二三年九月）

section #9

雨①

一瞬、空全体が雷にひび割れた鏡のように見えた、沛然たる雨が粉々にこわれたガラスのカーテンのように、ふたりのあいだに落ちてきたのだ。

——トルーマン・カポーティ「無頭の鷹」より

大河ドラマで紫式部が取り上げられたこともあり、改めて『源氏物語』に注目が集まっているようである。長く『源氏』を読んできた一人として、また、『源氏』研究の裾野拡大を願う一人として、まずは大いに喜ばしく思う。今後とも、『源氏』愛好者が増えていくことを願いつつ…。

さて、『源氏』中、最も有名な「雨」のエピソードは、帚木巻、いわゆる「雨夜の品定め」（注1）かと思われもするのだが、今回は、賢木巻、光源氏・朧月夜の密会露見の場面に注目したい。

雨にはかにおどろおどろしう降りて、神（＝雷）いたう鳴りさわぐ暁に、殿の君達（＝右大臣家の子息達）、宮司（＝弘徽殿大后付きの役人）など立ちさわぎて、こなたかなたの人目しげく、女房どもも懼ぢまどひて近うつどひ参るに、いとわりなく、(ア)（光源氏は）出でたまはむかたなくて、明け果てぬ。（…中略…）大臣（＝右大臣）わたりたまひて、まづ宮の御方（＝弘徽殿大后の所）におはしけるを、村雨のまぎれにて、(イ)（光源氏も朧月夜も）え知りたまはぬに、（右大臣は）軽らかにふとはひ入りたまひて、御簾引き上げたまふままに…（新潮『集成』本　一八四〜一八五頁）

光源氏は、右大臣邸で、右大臣の娘、朧月夜と密会を重ねていた。当時、右大臣方は、左大臣方と政治上の敵対関係にあり、左大臣方に属する光源氏を何かと目障りに思っていたこともあって、そもそもが危険極まりない密会だったのだが、ある時、急な大雨のせいで人々が立ち騒ぎ、光源氏は、人目に付かずに退出することが叶わなくなってしまう。そこに、右大臣当人が、弘徽殿大后や朧月夜らの見舞いのため（注2）に訪れるのであるが、雨音に紛れてしまい、光源氏も朧月夜もその気配を察し得ず、結果、遂に、右大臣に現場を押さえられる形で密会の事実が露見する、という流れである。

注目すべきは、この「雨」ゆえ、傍線部分、(ア)光源氏が足止めを食うこと、そして、(イ)光源氏らが右大臣来訪を知り得ないこと、だろう。周知の通り、この密通露見が大きな要因となって、光源氏は須磨への退去を余儀なくされてしまう。

…ということは、もしこの夜、「雨」が降らなければ、当然、(ア)も(イ)もあり得ず、従って、光源氏の未来に須磨は無かったことになる…(注3)。

絶大なる「雨」の効果。『源氏』中、取り分け注目すべき「雨」の一つである。

注
1　長雨が続く頃、宮中に宿直中の光源氏のもとに、頭中将らが集まってくる。光源氏宛の、女性達からの手紙を頭中将が見たがったことを契機に、各自の体験談に基づきつつの女性論へと発展していく。この時、話題に上り、頭中将が特に推した中流階級(＝「中の品」)の女性への興味もあって、光源氏は、空蝉などとの恋に進んでいく。

2　「風雨、雷鳴などのあと、父や兄弟、夫などが女たちを見舞うのが、当時の風習。」（新潮『集成』本頭注）
3　無論、「雨」以外の何かが端緒となって、密通が露見する、という展開もあり得ただろう。今は、『源氏』が、密通露見・須磨流離という展開のため、「雨」を、いわば、巧妙に利用している点を強調したい。

section #10
雨②

雨は一粒一粒ものがたる
人間のかなしいことを

――山村暮鳥「雨は一粒一粒ものがたる」より

少しく私事を記すことを許されたい。二〇二三年八月、台風の影響が様々に残る日、父が他界した。退院の話さえ出ていた矢先の急変だっただけに、まさか、と思いつつ、私が父の病室に到着した時、もはや父は何を話しかけても返事さえできない状態であった。それでも、どうやら私が来たことは分かったようで、目と唇がかすかに動き、何か言おうとしたようではあったが、叶わぬまま、程なく息を引き取った。

後のことはあまりよく覚えていない。ただ、不思議なことに、その時、計ったかの如く、雷がひらめき、病室の窓を雨粒が叩き始めたことは、みるみる冷えていく父の手の感触ともども、はっきりと覚えている。…涙、なのだろうな…。あまりにありきたりな発想であったろう。が、しかし、私には、あの「雨」が、不安定な空模様のせいだけとは、今も、どうしても思えないのである。

#9・#10の初出：「断想二題（その5）」（ノートルダム清心女子大学ホームページ「日文エッセイ」二四九
二〇二四年九月）

section #11

〈俯瞰〉する『岷江入楚』

作品論者であり、テクスト論者でもある。表現事象そのものよりも、それが作品やテクストの全体像といかに関わるのか、常々注意するようにしている。いわば、〈俯瞰〉のための〈細部〉、それが私の理想とする方法である。

『岷江入楚』という源氏物語の注釈書がある。五五巻にも及ぶそれは、当地（注1）熊本ゆかり細川幽斎と、その弟子中院通勝の、いわば共作であり、慶長三（一五九八）年に成った。『河海抄』、『弄花抄』等の旧注はもちろん、通勝の聞書や私見も記される。他にも、「秘」の肩書で三条西公条の、「箋」で実枝の学説が引用され、また、「或抄」として『長珊聞書』も忠実に引かれている。そもそも長珊も公条の説を「御説」として引用しているから、つまり、

『岷江入楚』は、公条、実枝の学説と、それに学んだ者たちの見解の集大成、いわば、時の三条西源氏学の到達点ということになる。

さて、この『岷江入楚』、随所に非常に興味深い注釈が施されている。

例えば、浮舟巻の冒頭。源氏物語の本文、それに対する『岷江入楚』の注、の順で掲げよう。なお、便宜上、記号と傍線を付す。


宮、なをかのほのかなりし夕べをおぼし忘るゝ世なし。（浮舟巻一九〇頁）（注2）

①花 匂宮の二条院の対にて浮舟君を見出給へる事也 箋
②秘 ほのかにかたらひし行末をおほす也 箋　（第九巻三八六頁）（注3）

匂宮は今なお浮舟と急接近した夜を忘れられずにいる、という。かつて、宇治中君を頼って上京してきた浮舟に、匂宮は二条院で言い寄った。それ以来、浮舟の面影を忘れられず、執心を続けているわけである。

如上の状況であるから、①については良い。過去の事実を指摘する『花鳥余情』を追認したということだろう。問題は②である。傍線を付した所、「行末」とある。つまり、匂宮が浮舟との「行末」、即ち未来について見据えている、というのだ。しかし、本文を素直に辿る限り、この表現からは、匂宮の浮舟に対する過去の執心と今現在の執心しか読み取れないはずだろう。それ以上の情報は、直接的には無い。ところが、『岷江入楚』は、過去や今現在の「執心」によって展開するであろう未来までをも見透している。今現在までを映し出す表現を、未来の契機として捉えようとしているのだ。眼前の表現を、長期的な物語展開の中に位置付けようとする『岷江入楚』のスタンスが感じられはしないか。
あるいは、竹河巻冒頭の、語り手による前口上。次の波線部分に『岷江入楚』は注を施しているのであるが、考察の便宜上、その前後も少しく引用しておく。

これは、源氏の御族にも離れ給へりし、後の大殿わたりにありける悪御達の、落ちとまり残れるが、問はず語りしをきたるは、紫のゆかりにも似ざめれど、かの女どものもの言ひけるは、「源氏の御末〴〵に、ひが事どものまじりて聞こゆるは、我よりも年の数つもり、ほけたりける人のひがことにや」などあやしがりける、いづれかはまことな

らむ。（竹河巻二五二頁）
③箋ひかことゝは花鳥に冷泉院のかくれたる御事　かほる源の実子にあらさる事　夕かほの上の事ゆへ玉かつらを息女のことく養育の事
④かくのことき事共ふる物語する人のあると也
⑤これ則薫の元来をふる事のかたり申せし宇治かくへきの序なり…（第九巻四一頁）

まず、竹河巻冒頭の大意を記しておこう。——この巻の内容は、光源氏方のご一族にも縁の薄かった、後の鬚黒太政大臣邸あたりに仕えた口さがない女房達で、生き残っていた者達が、問わず語りに伝えた物語は、光源氏方の語り伝える物語とは似もつかないが、その女房達が言ったことには、「光源氏の御子孫について、間違ったことなどが混じって伝わっているのは、私よりも年老いて、呆けていた人の言ったでたらめであろうか」などと不思議がっていたが、どちらが真実なのであろうか。——

これについて『岷江入楚』は、③「ひかこと」を、冷泉の真の血統が隠蔽されたこと、薫が光源氏の実子でないこと、光源氏は夕顔との過去ゆえに玉鬘を実子同様に養育したこと、と定義付けた上で、④それら事実を昔物語に語る人物の存在を指摘し、⑤それらが即ち薫の拠って来たるところを物語として語る宇治十帖を記すに相応しい「序」となっている、とまとめている。
③④は、①同様、『花鳥余情』の追認である。③について、もとより鬚黒方の女房達が、冷泉や光源氏の秘事を知る由もないのだから、それら真相が、鬚黒方にとって「ひかこと」と捉えられるのは至極当然であって、それは良い。また、④について、そもそも光源氏方の女房が「真相」を読み手に提示することで、この物語が成立しているのだから、これも極めて当然の指摘であろう。私たちが注意すべきは、⑤の記述だ。『岷江入楚』は、竹河巻に「源氏の御末ぐ」の「ひが事ども」の存在が記されるのは、ここがこの後の宇治十帖の「序」だからである、と解しているのである。確かに、この後、「光源氏の実子でない」という「ひかこと」ゆえ、その「真相」から逃避するごとく、薫は宇治世界に身を投じる。薫に「ひかこと」があればこそ、宇治十帖の物語が展開しうる。その意味で、過去の「ひかこと」は、未来の宇治十帖の、確かに伏線として機能していることになる。ここもまた、『岷江入楚』は、「今現在までを映し出す表現を、未来の契機として捉えようとしている」わけだ。

思えば、『岷江入楚』は、早く藤裏葉巻について、驚くべき指摘をしていたのだった。この巻は、光源氏の准太上天皇就任・夕霧の結婚と中納言昇任・明石姫君の東宮入内などが描かれるため、古来「光源氏の栄華が極まる大団円の巻」とされてきた。最近でこそ異論もいくつか提出されているものの、鎌倉期以降、この「大団円」との見方は、いわば常識だったのである。

ところが、『岷江入楚』は、それを認めつつも、一方で、「世間の盛衰をありくとかきなせり」（第八巻二二四頁）とあるとおり、「盛」ばかりでなく「衰」をも見て取っている。無論、以降の物語展開を念頭にしての言辞なのであろう。しかし、少なくとも、藤裏葉巻の時点で、たたみかける「栄華」の描写が、来たる「衰」と表裏したものであること、いわば「衰」の伏線でもあることを指摘している点で、『岷江入楚』は、実に画期的であった。正しく「今現在までを映し出す表現を、未来の契機として捉えようとしている」ということである。

おそらく、そうなのだ。『岷江入楚』は、一貫して「眼前の表現を、長期的な物語展開の中に位置付けようとする」注釈書なのだ。いわば、源氏物語の表現の〈細部〉が、物語全体の中でいかに機能しているか〈俯瞰〉しようとする書なのである。
だとするなら、私は、この師弟のスタンスをこそ、「理想」とせねばなるまい。〈俯瞰〉のための〈細部〉であること、改めて肝に銘じたく思う次第である。

注
1　前任（熊本県立大学）当時。
2　岩波『新大系』本に拠る。
3　武蔵野書院『源氏物語古注釈叢刊』本に拠る。

#11の初出：「〈俯瞰〉する『岷江入楚』」（「文彩」第一一号　二〇一五年三月（転載））

section #12
「疎き人」？　誰と？

薫（『源氏物語』）の女一宮垣間見の場面を取り上げたい。とは言っても、注目したいのは、かの有名な氷のくだり（蜻蛉巻二九八～二九九頁。岩波『新大系』本に拠る）ではなく、垣間見その後、についてである。

周知の通り、女一宮は今上帝と明石中宮の長女で、薫憧れの女君である。薫は、六条院の法会の後、愛人小宰相を求めて邸の奥に忍び、そこで偶然、女一宮を覗く。六条院の女房「おもと」がそれに気付いて薫に近付いて来、薫は正体を見咎められぬよう隠れる。侵入者を取り逃がした「おもと」は、一体誰がこんな奥深い所までやって来たのか、と思いを巡らせる、という場面である。「おもと」の感懐を引用しておこう。

このおもとは、いみじきわざかな、御き丁（＝御几帳）をさへあらはに引きなしてけるよ、右の大殿（＝夕霧）の君たちならん、疎き人、はたこゝまで来べきにもあらず…（蜻蛉巻三〇〇頁）

「おもと」は、「疎き人」ならば「こゝまで」、即ち六条院の奥まで「来べきにもあらず」、つまり、「疎遠な人物・関係の薄い人物」ならば中宮の娘のいるような豪邸深奥の守られた空間まで来られるはずはない、と考え、ゆえに「侵入者＝「疎遠でない人物・関係の薄くない人物」」と前提し、「右の大殿の君たち」、即ち夕霧の子息たちがやって来たのか、と想像しているわけで、文脈として何らの疑問もないのであるが、一点、「おもと」の言う「疎き人」、つまり、「疎遠な人物・関係の薄い人物」が、何と、あるいは、誰と、「疎遠な人物・関係の薄い人物」なのか、よく分からないように思われないか。

「疎き人」の部分、主立った注釈として、例えば、岩波『新大系』は「よそ者は」、新潮『集成』は「全くの他人が」、至文堂「鑑賞と基礎知識」は「関係ない人は」とし、そもそも、何と、誰と、については触れておらず、小学館『新全集』・玉上琢彌氏『評釈』にかろうじて「六条院に疎遠な人では」・「六条の院から疎遠の人」とあって、「六条（の）院」と「疎遠な（の）人」、とされている。なるほど、さような人物なら、確かに邸内に、しかも奥にまで入り込むことは困難であろうから、かかる見解に異論はないのであるが、ただ、それとても、「六条院」の、何と、誰と、なのか、例えば、「六条院」の権力と、なのか、建物と、なのか、はたまた、光源氏と、なのか、夕霧と、なのか、等々、対象が漠としていると言おうか、いずれにせよ未だやや曖昧であることは否めず、できることならば、今後のより詳密な読解のためにも、もう少々、その範囲を絞り込んでおきたく思う。

　そこで、この垣間見が成ったのが六条院の法会の後であり、この法会が明石中宮の主催の下に五日間に亘って行われたものだったこと（蜻蛉巻二九七頁）に注目したい。もとより、垣間見発見の際、「おもと」は、侵入者について、女一宮に懸想する人物を真っ先に想定して心配したことであろう。必然的に、女一宮のことをよく知り得、あるいは、女一宮の情報を様々に仕入れ得て、恋焦がれるに至ろう人物を思い描いたに相違ない。が、しかし、続けて、もしくは、同時に、当然ながら、今回の法会に来ていた人物、それも、明石中宮主催の、五日間に亘る今日までの法会に、おそらくは熱心に参加したであろう、あるいは、そうあらねばならない立場にあったろう人物をも、下心を抱く侵入者として思い併せたはずである。明石中宮の娘の情報をよく知り得、明石中宮主催の法会に熱心に参加し、そして、明石中宮の娘のいる深奥へと侵入し得る人物…。咄嗟に「おもと」の脳裏をよぎったのがさような条件の人物であったとするならば、この時「おもと」が前提した「六条院」と「疎遠でない人物・関係の薄くない人物」とは、「光源氏」と「夕霧」と、等をより多く越えて、「明石中宮」と「疎遠でない人物・関係の薄くない人物」だったのではあるまいか。夕霧の子息たちが、「光源氏」と「夕霧」と、のみならず、夕霧の妹「明石中宮」と「疎遠でない人物・関係の薄くない人物」であること、言うまでもない。

誰と「疎き人」か？　可能性の範囲を、これまでより少しばかり限定できるかと思うのである。

#12の初出：書き下ろし

■著者紹介

中井賢一（なかい けんいち）

大阪大学大学院文学研究科博士後期課程修了　博士（文学）
ノートルダム清心女子大学教授

宇部工業高等専門学校准教授、熊本県立大学准教授・教授を経て、現職。

著書に『物語展開と人物造型の論理―源氏物語〈二層〉構造論―』（新典社 2017）、主要論文に「夕霧〈不在〉の論理―夕霧の機能と物語の〈二層〉構造―」（『国語国文』74 巻 10 号　2005.10）、「夕霧〈太政大臣予言〉の論理―〈夕霧権力体制〉の誤算と物語の〈二層〉構造―」（『国語国文』76 巻 6 号　2007.6）、「『源氏物語』明石中宮論―明石中宮の機能と権力機構としての宇治―」（『中古文学』91 号　2013.5）、「『山路の露』転換の論理―方法としての喧騒と決定者としての薫―」（『中古文学』104 号 2019.11）などがある。

古典文学研究の視角

2025 年 3 月 31 日　初版第 1 刷発行

■著　者――中井賢一
■発行者――佐藤　守
■発行所――株式会社大学教育出版
〒 700 - 0953　岡山市南区西市 855 - 4
電話（086）244 - 1268（代）　FAX（086）246 - 0294
■ＤＴＰ――宮﨑　博（Pneuma Ltd）
■印刷製本 ― サンコー印刷(株)

ISBN978-4-86692-350-5